序

  2016年底，金醉收到了一本民国笔记，笔记记载了北洋年间一系列罪案实录和神秘事件调查。金醉是一名都市传说研究者，他花费大量时间来研究笔记，发现其中暗藏了一些被历史忽略的真相，也由此揭露了一个隐秘群体——夜行者，这是一个探究案件离奇真相的隐秘职业。

  这本民国笔记的作者叫金木，正是金醉的太爷爷，民国元年（1912年）至民国四年（1915年）间，他在北京做社会记者。根据笔记中的记载，金木年纪轻轻就留学日本，辛亥革命后回国，师从中国历史上第一位新闻记者黄远生，在《申报》工作。直到民国五年（1916年），金木从报社辞职，正式开始了他的夜行者生涯。

  在笔记中，金木翔实地记录了他曾经亲历的种种事件。也正是这本笔记，让故事中那些形形色色的历史人物如时代车轮碾过的墨点般再次被推到了我们的视线当中。金醉感怀于那些正在被遗忘的人物和离奇的故事，于是重新收集史料，并将它们整理成一部"北洋夜行档案"，希望可以将那些往事记录下来。

2020年底，金醉委托我们将他太爷爷所记的民国谜案以档案的形式进行出版，希望能让更多读者了解那段鲜为人知的历史，我们亦有此想法，随附金醉所写信件一并奉上。

我听很多人说过，历史中最深不可测的就是人心。在整理北洋夜行故事的时候，这样的想法每每出现在我的眼前。

太爷爷在北京做夜行者的时候，正值北洋政府成立，万物变革，乱象丛生，整个社会像一列急速行驶的列车，莽撞前行。

太爷爷游走在茶楼酒肆，记载每日所见所闻。笔记中那些离奇曲折的故事把我带入一个又一个迷宫般的困局，我希望从中理出头绪，找到原委和真相，但是当我把故事读完时，却仿佛已置身于笔记中的江湖画卷，故事中的人物和他们的经历，对我的吸引已经远远大于对真相的追求。我们总是过于追求故事的结果，希望留下一个笃定而确切的结论，而塑造结果的那些人物和情感却往往被我们忽略。

太爷爷所记录的上百篇故事和案件当中，不乏惊天要案和奇闻逸事，然而让我印象最深刻的却不是这些奇案，而是发生在北京一个普通江湖杂戏班之中的艺人失踪案。故事不算复杂，但是牵扯众多。故事中提到的杨小宝是太爷爷的助手，做过护院和镖局跟班，也在天桥卖过艺，后来跟着太祖父一同查案，而戴戴当时则刚从京师济良所中逃出来，遇上了太爷爷，两人日后成为亲密的搭档和朋友，不过这是另外一个故事了。

　　我重新整理了太爷爷当时留下的笔记，对其中那些语焉不详的记述重新做了补充和考证。随附在笔记中的不少证物都是太爷爷当时查案的遗留，为了完整地将他的记录保存下来，我做了复刻和整理，收录在旁，以便随时对照查阅。由于年代久远，或许有部分记叙出现了些许偏差，还请见谅。

金醉
2020年12月
于北京

（注：除特别说明外，内文注解均为金醉留。）

楔子

　　舞台的布帘慢慢拉开。

　　一个穿着西装的年轻男子站在舞台正中央，助手在他的身上套上一个被涂黑的纸箱，正好将他的全身遮盖住。舞台下熙熙攘攘的人群一下子变得安静起来，大家的目光都焦急地盯向同一处：一个圆脸大汉此时正握着一把手枪，枪口正对着纸箱。他脸涨得通红。身边的观众能清晰地看到他的右手正由于紧张而颤抖，额头上沁出汗水。

　　"砰"的一声枪响，一阵惊叫传遍整个房间。

　　子弹从正中穿透纸箱。助手抬起纸箱，舞台上空空如也。

　　掌声和赞叹声经久不息。

　　演出结束之后，观众鱼贯而出。混乱中一张演出戏单被随手扔在了地上，上面写着：北京第一戏法班赵家班魔术师田宁在京表演新奇幻术。

　　没人知道，这将是在北京声名鹊起的戏法名角田宁最后一次出现在舞台上。

摘自小说《大魔术师》序章
作者：戴熙苒
民国十二年（1923年）初版

金木民国八年记
即公历1919年

4月8日晨　　家中

我是8日早上第一次听说田宁离奇失踪的消息的。

那天我起了个大早，本想吃个早点，再奔崇文门外逛逛早市。结果正准备出门，戴戴就风风火火地闯了进来，问我："金木，听说了吗？赵家班的少班主田宁演出的时候在舞台上消失了！"

戴戴说的那场演出我知道，从3月底她就一直念叨这场早就在京城传得沸沸扬扬的戏法表演，声名鹊起的赵家班当家演员田宁，会在7日晚上、望风楼茶馆表演一场中西结合的大型戏法"大变活人"。

我早就听过坊间传闻说，有一种西洋戏法，能在舞台上把大活人给变没了，可是谁都没亲眼见过，于是演出的消息刚一传出来就轰动了整个京城，传统戏法大家平日里见得不少，小则变个钱币，大则变个水缸，可是能在活人身上变戏法，还是第一次听说。戴戴爱看戏，也喜欢新鲜玩意儿，一直嚷着想要去看。

我曾经在报纸上看到过这种表演，西洋管这个叫魔术，国内能看到这种表演的机会不多，如果不是写稿任务繁重，我本也想去瞧个新鲜。

我让戴戴坐下喝口水，问她："既然是赵家班的少班主，那不应该姓赵吗，怎么会叫田宁？"

戴戴解释，田宁是班主赵桥的爱徒，赵桥没有孩子，田宁与他情同父子，赵家班徒弟不少，但是技艺最高超的还要数田宁，江湖上才戏称他为少班主，眼看着就要接手戏班了，谁承想却发生了这样的事情！

说到这里，戴戴明显来了精神："你别看田宁是传统杂耍班子出身，但是表演的却净是些新鲜玩意儿！礼帽里面变出鲜花，手帕变成鸽子，都是平常见不着的，比天桥那些穿大褂的老头可有意思多了。可是你说怪不怪，昨天下午六点，在望风楼表演的时候，就在台下几百人眼皮底下，田宁愣是在舞台上消失了！"

"戏法舞台演出惊变，魔术新秀人间蒸发"，听起来像是个不错的文章标题。

戴戴看我走神,忙推了我一下:"外面都传得满城风雨了,你说这到底是怎么回事啊?"

我过去常去天桥,传统戏法的花样多少也见过一些,可像"大变活人"这样的表演倒是稀罕得很。传统戏法讲究熟能生巧,一个节目往往要练上好几年才能登台表演,变的都是花鸟鱼虫,要是不幸把活儿演砸了,顶多也就是受人奚落。可是把大活人当成道具来变的戏法,一旦演砸了,就得赔上身家性命。

我让戴戴把这表演给我具体讲讲。戴戴连说带比画,像个说书的:

"我是六点去的,茶馆已经被看热闹的人挤满了。表演的时候,田宁就站在舞台中间,他让伙计在他身上罩了个纸箱子,然后伙计招呼底下的人朝箱子中间开枪。当时可把我吓坏了。'金枪刺喉'这样的玩意儿平时看过不少,但是用手枪表演还是第一次听说,你说人的喉咙能硬过金枪,还能硬过手枪?我正想着呢,台下真有胆子大的想试试,伙计把枪递了过去,还没等我反应过来,'砰'的一声,子弹就从纸箱中间穿过去了。"

我顺着戴戴手指伸出的弧线看过去,戴戴两只手"啪"地拍在一起。

"就这么着,人就没了,一晚上都没出来。底下看戏的人也蒙了,不知道是不是什么新花样,一直等到茶馆伙计把后面的节目表演完,田宁也没出现。后来,店老板招呼伙计出来说,'演出结束了,田宁不出来谢场了,大家快回去吧',观众这才陆续散场。"

我听戴戴这个故事讲得够离奇,忙不迭问:"然后呢?"

戴戴也抬头看着我:"今天一大早我又跑去天桥找人,不仅没见着田宁,整个赵家班子都停演了。"

听完了戴戴的讲述,我心里头直犯嘀咕。难不成这"大变活人"还真能把大活人变没了?

当天吃过午饭之后,《白日新闻》的编辑来找我,说想让我调查一下田宁失踪的事情,没想到《白日新闻》还会对江湖奇闻感兴趣。

编辑和我说,去年他们刊登过一条新闻,不知道和田宁消失的案子有没有关联。

民国七年(1918年),魔术师程连苏在伦敦表演徒手接子弹的时候出现了意外,被子弹击中,不治身亡。程连苏号称"最伟大的东方魔术师",平时在舞台上很少说话,但是临死之前,却脱口而出一连串英文,他的身份和死因在当时引起了不少怀疑。

<u>在西洋表演东方戏法的程连苏，在北京表演西派魔术的田宁，同样在"子弹逃生"魔术中发生了意外，报社编辑觉得有点蹊跷。</u>

我决心利用写报道的契机搞清楚到底是怎么回事。

每年4月初的时候，冷风才慢慢消散。整个北京城像一头缓缓苏醒的巨兽，带着温润的气息和热络的心思。在严寒中度过一整个冬天的人们重新变得有活力起来，准备迎接新生活的开始。这是赵家班来北京的第6个月，也是他们扎根天桥搭班卖艺的第4个月。

之前是天津，再之前是奉天（沈阳旧称），更往前的事情就没人提了。但显而易见的是，赵家班走到哪里，就把生意带到哪里。赵桥练的是古彩戏法，"手法、撮弄、藏厌（挟）"，行活里的手艺样样精通，江湖上称呼他"鬼手赵"。赵家班的后起之秀叫田宁，天桥叫得上名字的艺人里没有比他更年轻的。

戏法班子有不少讲究，一件大褂、一条彩单是标准行头。但是田宁偏偏不喜欢穿大褂，他穿的大多是改良过的宽

为了重新调查程连苏之死，太爷爷收集了很多当时关于程连苏的史料以及报道，我将其整理收录在"程连苏谜案"档案中，读者可以所附文件中查阅对应资料。关于程连苏之死和身份之谜，在资料中可以找到蛛丝马迹。

大的布衫，在天桥卖艺的班子里像个另类。

市场之内但凡有两档变戏法儿的，若是拉场子做生意，必须把两档戏法隔开了，离着两三个场子才行，绝不能挨着上地，这是规矩。田宁却根本不理，哪儿有生意就往哪儿去。在天桥撂地，多亏了赵桥在中间打圆场，才能相安无事。

天气转暖之后，天桥也变得更加热闹起来，刚在北京闯出来一点名气的赵家班正准备筹划新的戏法节目。谁也没料到的是，后来在整个北京城引起轩然大波的一桩离奇失踪案，就在这个节骨眼上，也在背地里默默地酝酿着。

——摘自小说《大魔术师》第一章

◎ 4月8日，金木开始调查田宁消失的案子。调查初始，他就对程连苏案件与田宁案件在过程中的相似性感到好奇，这也变成困扰金木的第一个疑点，让他在后续的调查中试图搞清楚田宁舞台失踪案与程连苏死亡谜案是否存在某种关联。

4月8日下午　　赵家班大院

穿过天桥，沿着西珠市口大街继续往西走就是板章胡同，不少京剧团和杂耍戏班落脚在这里，其中就包括赵家班，我决定先来拜访一下。

自从戴戴给我讲述了田宁的表演之后，我就在琢磨，田宁表演这么轰动的戏法儿，赵家班却没有来帮忙，反而是让茶馆伙计担任助手，听起来就让人觉得奇怪。

一进永定门，街道上变得热闹起来，吵吵嚷嚷，沿街叫卖的小吃摊正值生意最好的时候，空气里也弥漫着一股腥味。我和戴戴都失去了往日兜兜逛逛的心思，一心直奔赵家班的戏班大院。

才一进胡同口，就听到有人咿咿呀呀地吊嗓，杂耍艺人有的外出撂地演出了，但还有不少学徒留守练功。相较之下，赵家班大院里显得格外荒凉冷清，艺人三三两两地分散在院子各个角落，显得心不在焉，对我们的到来尤其冷漠，偶尔斜眼打量我们，又匆匆转回自己手头的活计上。戴戴向我介绍，正中的中年男子就是赵桥。

赵桥四十多岁，个子不高，微微有些驼背。他身穿灰布长衫，踩着一双布鞋，走起路来轻飘飘的，但是此刻却满面愁容。我说明来意，希望能以记者的身份帮他调查田宁的下落。

赵桥依然皱着眉，似乎还没有从田宁失踪的事情中缓过神来，言语之间也是冷冰冰的，好像并不欢迎我的到来："金先生抬举了，我们走南闯北搭班卖艺，江湖上的事情哪敢惊扰报社记者？"

戴戴心直口快，脱口而出："我们就是想找到田宁，又不是为了你这赵家班！"

我担心惹恼了赵桥，赶紧把她拦住："赵家班的名声在京城算是一绝，田宁失踪事小，要是为这事儿丢了赵家班，甚至京城戏法艺人的脸面，事情就大了。"

赵桥脸上有些挂不住，想了想说："田宁的手艺是我教的，论起表演戏法，京城同一辈人无出其右。这件事情我们会自己调查清楚。至于跌不跌份儿，就不劳金大记者费心了。"

"这老顽固。"戴戴在我耳边轻声嘟囔。

江湖艺人最忌讳跌份儿，赵桥死要面子我倒是能理解。我看了看周围，想把话题引开："田宁的本事我们自然早有耳闻，看样子他的消失对班子影响不小。"

这话戳中了赵桥的软肋，他顿了一下说："戏班艺人靠卖艺赚钱吃饭，一天都不能耽搁，没想到出了这档子事儿，生意也黄了。田宁是班子的顶梁柱，如今倒不知道怎么办是好。"

我明知故问："这么说起来，田宁在赵家班的身份肯定不一般吧？"

"你有所不知，这田宁是个孤儿，自幼跟着我在戏法班学艺，我一把年纪没什么能耐，好在老天爷赏饭，学了点古彩戏法的手艺。我没有孩子，就把田宁当成亲生儿子来养，这孩子有点天分，我就把自己的手艺都教给他，希望他以后能担起班子，也能把老祖宗留下来的手艺传下去。可这好好一个大活人，怎么能说没就没了呢？"

我冲戴戴使了个眼色，她不情愿地接过话茬儿："赵班主先别着急，我看过田宁的不少表演，他鬼点子多，没准又是想玩什么新花样，你还是给我们讲讲这次的演出吧。"

赵桥没理戴戴，继续看着我，说："这次的演出和我们过往撂地不一样，我们走街串巷卖艺的，有个地方落脚就求之不得了，本来也没奢望能去茶馆、戏园子里演出，田宁这小子有这个能耐本来是好事，可是他演的那是什么啊？叫什

为了更好地了解古彩戏法，太爷爷通过翻阅古书典籍，将传统戏法沿袭历程详细梳理在案，如今我将其再次整理出来。读者可在附录一《戏法源流考》中查阅到相关资料。

11

么'大变活人'，又是枪又是炮的，学些西洋玩意儿，搞得不伦不类。"

我听了觉得奇怪，问他："那这西派魔术，田宁又是从哪学来的？"

赵桥明显不大高兴："也怪我，前年去奉天演出，遇上韩秉谦的魔术团在当地表演，田宁想去看，我也没拦着。可是他这一看，就着了道儿，把里面西方戏法那些奇技淫巧学了个遍，你说，我们这老祖宗的手艺不比那些个玩意儿强？这次演出的节目吧，我一开始就不同意，戏班子里也没人帮他，本来是为戏班挣面子的事儿，结果你看看，现在反倒把自己搭进去了。"

提起田宁的事，赵桥直叹气："我本来希望，这次表演之后，他能放弃那些歪门邪道，好好研究我们的古彩戏法。赵家班的将来，也才算是有个指望。"

按赵桥的说法，田宁演出当天下午五点左右，赵家班提前收摊，赵桥去戏园子听戏，直到七点，预计演出结束的时候，想去茶馆后台找到田宁，劝说他放弃西洋戏法，专心钻研传统戏法，可是始终没见着田宁，茶馆伙计也不知道他到底去哪儿了。赵桥只好先行回来，可是一直等到今天，田宁都没出现，出了这样的事，赵桥也没心思带着班子去撂地了。

12

☆韩秉谦(1891——1950)，河北人，为"亚细亚大魔术团"的创办人，定居奉天。作为最负盛名的中国魔术师，他曾多次带领弟子出国演出，同时又购得西洋魔术的书籍和道具，把西洋魔术带回中国。他创办的魔术团，也是中国现代意义上最早的魔术团。为了表彰他的成就，清朝政府赏其花翎顶戴。韩秉谦发明的钱币魔术手法(Han Ping Chien Coin Move)至今仍广泛被现代魔术界采用。

听赵桥讲完，我提出想去田宁的卧室看看，他不太乐意，看我再三坚持，他说想清静清静，就不陪同了，有什么想看的让我自己去看，发现线索就知会他一声。

田宁的卧室布置得相当规整，完全没有杂耍艺人懒散的样子。戴戴拽了我一下，只见桌子旁边放着一杆烟枪，用手一抹还有点残渣。"没想到，你们这爱好还有点像。"戴戴故意奚落我，我假装没听见。

床头放着几张图纸，最上面的图纸上画着一些鸟笼子式样的道具，我看不出个所以然，就先拿在手里。桌子上放着一页被撕下来的"赵家班班规"，下面有一摞请帖，一张写着一连串符号的卡片夹在其中。

床脚零散放着不少戏法的草图，其中一张精美的画纸吸引了我的注意：一个男子沿着凌空向上的绳子攀爬，身边还有零散掉落下来的人的残肢，画纸下面写着"韩秉谦留"。

除此之外，桌子上最让我感到奇怪的是一摞杂志，有西洋魔术杂志，还夹杂着几本文学刊物，其中有一本周树人撰稿的《新青年》。戏法艺人居然会看这样的书，还真是让我大吃了一惊。

"这几本书都是田宁师哥从'旁门左道俱乐部'拿回来的。"身后传来一个脆生生的声音，我回头看去，一个十几

田宁房间所发现的证物已被收在"证物二：赵家班大院"中，以待随时查阅。其中部分线索也许会成为解开田宁失踪之谜的关键。想办法搞清楚卡片的含义。

13

岁的小男孩正靠在门边偷偷看我们。

戴戴扑哧笑了一声:"你说什么俱乐部?"

"旁门左道俱乐部,师父说的。田宁师哥去了几回,后来被师父骂了就不去了,那几本写着外国字的杂志都是从那里拿回来的。"

我点点头,仔细去翻那几本西洋杂志,我在日本读书的时候学过一些英文,杂志封面写着"the Sphinx",想来是杂志的名字,其中有一页被折了起来,我翻开来看,上面用潦草的字迹对英文原文做了标注,我试着将其翻译记录了下来。

文中写道:

韩秉谦最近率领他的"北京魔术团"在奥马哈的奥芬剧院演出【1915年10月】,我和这里其他的魔术师一起去反复观看了他的表演。我觉得他可能是全中国最好的魔术师。除了表演魔术之外,他还是一名非常全面的演员,他的杂耍、杂技表演都很精彩。据我了解,和他在一起的那些年轻的团员,实际上都是他的学生,都在各自的专业接受他的指导。

他的魔术是从他叔叔那里学的,而他叔叔又是从其父亲那里学的,这位父亲的魔术又是从其祖父那里学的。如此往上追溯,大概可以追溯到六七代以前。虽然许多魔术师表演的节目都大同小异，但每个魔术师都有自己的方法。就像韩秉谦告诉我们的，在中国没有什么新戏法，所有的节目都很古老。但是我得说，他们这样做是在用艺术上的尽善尽美弥补节目上的缺乏新意。我表演过很多魔术，大部分只要"过得去"就行。而有些节目，我认为我在艺术上已经相当完美。但是我得承认，当韩先生变魔术时，它就不再是魔术，而是似乎已经成了现实——也就是一个奇迹。他的"近景魔术"尤其如此。

文章的署名是David P. Abbott，我猜应该是个西洋魔术师的名字。后面还详细介绍了韩秉谦表演的不少传统戏法，页面上布满了我难以理解的词汇的标记。戴戴走过来示意我差不多应该走了。

从田宁的卧室出来，天也快黑了，我想去找赵桥告别，便看到刚刚偷看我们的小男孩在院子角落练戏法。我觉得好奇，就凑过去看，<u>小男孩从袋子里取出几枚莲子，放到一个小瓷碗里。然后往碗里倒上一杯热水，嘴里念叨着听不明白的话，不一会儿，热水的水面上就开出来好几朵莲花</u>，我看得目瞪口呆。

男孩表演的戏法叫作"瞬间种莲术"，是历史最悠久的江湖戏法之一，传闻三国时期术士左慈就曾在曹操面前表演过。唐朝天宝年间，很多幻术大师在长安进行表演，将此法带入民间。关于"瞬间种莲术"的奥秘，详细记录在章节后页。

15

莲子

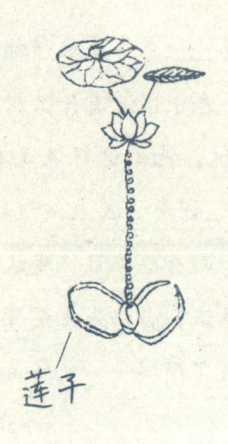

◎ 太爷爷所记当日在戏班大院看到的戏法场景，旁边写着"从橐取莲子数枚，置一小瓷碗，然后汤倾碗中，顷之，水中忽发莲花数朵"。并配上了一朵莲花。

男孩表演完，我走过去悄悄问他："田宁是不是和你们班主有点矛盾？"男孩看了我一眼："吸大烟呗，班子里都知道。"

我故意逗他："听说田宁演的戏法可比你这传统花样受欢迎多了，你就不想和他学学？"男孩白了我一眼，然后神秘地说："别提了，师父最讨厌韩秉谦，听说要不是因为韩秉谦，赵家班就有机会去给皇上表演戏法呢，结果被人家的西洋戏法抢了风头，空欢喜一场。"

听了这话我一愣，心想，他嘴里的皇帝，大概就是溥仪。

未考据到韩秉谦曾进京为溥仪演出的确凿证据。不过后来他的叔伯韩敬文曾给张作霖唱过堂会，据《盛京时报》记载，1924年，张作霖在奉天举办五十岁生日庆典，谭富英、尚小云、程砚秋等名伶应邀来奉天。戏法大师韩敬文也一同前来祝寿。

正说着话，一个看起来十七八岁的少年从房间走出来，指着男孩说："还不快去打扫院子，小心师父知道你偷学戏法，打断你的腿。"男孩扔下瓷碗就跑走了。少年看着男孩离开，对我说："师父今日过度劳累，已经先休息了，嘱咐我代他送一下两位。"

我想起男孩刚刚在田宁房间里说的话，又问他："听说田宁过去常去什么俱乐部？"

"是一个西洋魔术俱乐部，田宁图新鲜非要去看看，明知道师父最讨厌西洋魔术。要我说，师父就不应该对田宁那么好，我看是把他给惯坏了。"说到一半，他意识到自己失言，就换个话头，"你要是真想知道这次表演的事情，还不如去问问陈英。演出那天，有人在现场看见他了，没准田宁失踪，就是他在其中捣鬼。"

"瞬间种莲术"的奥秘：

实际上，瞬间种莲的秘密在于：选特大号莲子，挖去莲肉，只剩下连着莲子外皮的薄薄一层。然后，用通草（即通脱木茎中之髓）做成小荷花及小荷叶，用绿色粗线作为荷花之梗，将其紧扎在一起，线的另一端系小铝粒一颗并粘在莲子壳内。然后，再用胶水将两瓣莲子壳合在一起。表演戏法时，将特制莲子放于碗内，加入热水后盖上碗盖，不一会儿，热水便会将黏胶溶开，莲子及通草则因吸热膨胀，通草浮出水面，但莲子坠有铅粒，因此仍然沉在碗底。

望风楼出事之后，大半个京城的人都开始对这件事议论纷纷：有人说是同行里的江湖高手看不惯田宁的张扬，所以想教训他一下；有人说田宁一个江湖卖艺的，想傍上当时的豪门小姐，惹恼了大人物。常去望风楼看戏的闷三儿逢人就说，他知道这里头的门道，田宁与赵桥不和，碍着师承关系不能当面决裂，就趁这个机会溜之大吉了。可是至于田宁是如何在大庭广众之下消失在舞台上，他又去了哪里，就没人能说得上来了。

——摘自小说《大魔术师》第二章

4月8日晚　　东来顺

晚上我约了小宝和戴戴在东来顺吃涮肉。小宝脑子好使，又会点功夫，遇到牵扯不清的案子我总喜欢带上他。饭桌上，戴戴显然还对田宁的案子念念不忘，羊肉没吃上两口，她就盯着我问个不停："你说这么个大活人就真能凭空消失？"

我想不出来怎么回答她，撂下筷子，扭头问小宝："你在天桥混得熟，听说过陈英这个人吗？"

小宝端起碗来喝了两口肉汤，说："这你可算问对人了，别看案子的事我不懂，但要说这点儿八卦，那我是门儿清。陈英是两三个月前来北京的，从国外学了点西洋魔术，一回来就登报打擂台，说戏班子表演的这点传统手艺都是雕虫小技，尤其点名赵家班的戏法不值一提，要说绝活还得看他的西洋戏法。

"京城这帮戏法艺人能受这气？尤其是才在京城闯出点名堂来的赵家班，更是气不过，作为戏法界有点分量的班主，赵桥被推举出来和陈英较量较量，但是赵桥上了年纪，担心自己在行家面前出岔子，就想让田宁代他上台，估计也是想让田宁在同行面前出出头。天桥的同行不服气，但是碍于赵班主的面子也不好说什么，就这么着，这场戏法较量，变成了陈英和田宁之间的梁子。

"陈英在戏园表演西洋魔术，田宁就坐头一排，陈英的拿手好戏是拐杖变鲜花，一根木头拐杖，用毛巾一搭，找观众随便吹一口气，毛巾一掀就能变出一朵鲜花来。那天田宁抢先跑上台子，在毛巾底下一划拉，你猜怎么着，变出来一条小蛇，把陈英吓了一大跳。"

戴戴听得新奇："和西洋戏法斗法这么精彩的事，都叫我给错过了？"

小宝继续说："你别打岔，这事还没完呢，那陈英岂能善罢甘休，没过三天，他就跑去天桥了。田宁最常表演的节目是'空壶来酒'，一个空壶，用手帕一遮，顺手一比画，就能装满酒，给围观的人一尝，嚄，是真酒，您就不好意思不掏钱了，这可是赵家班的绝活。可那天，看客一尝，呸一声就给吐出来了，那壶里变出来的都是醋。田宁算是丢了大人。他闭关半个月，说是从大魔术师韩秉谦那儿学来了独家绝活，要在京城露一手。"

"空碗来酒"是中国传统古彩戏法中最古老的戏法，大概有三千年历史，和"三仙归洞""仙人摘豆"一样，都是最常表演的古典戏法。手艺人就在观众眼皮底下，空碗取酒，讲究平中求奇，出神入化。后来被不断演化，"空碗出鱼""大碗飞水"等变化无穷。

"这'大变活人'没准是变给陈英看的，要是把这戏法演成了，还有谁敢来找麻烦？"

"说的是呢，陈英在《北洋画报》发文章，说是要揭穿传统戏法里面的骗局，明眼人都能看出来，就是要逼田宁亮出点真东西来。"

我听戴戴的语气，好像还有点为田宁说话的意思。这中西斗法的事在小说里看过不少，没想到现实里也能遇着一回。我问小宝和戴戴："想不想去看看陈英的魔术表演？明天我请你们看。"

我想着，破解田宁消失的案子，戏法的奥秘是关键，没准陈英能给我点启发。

田宁可能无论如何也想不到，自己作为一个讨生活的江湖艺人，会在那场中洋魔术斗法的较量中被寄予那么高的期待。按理说，陈英在戏院表演，戏法班子在天桥撂地，本来可以井水不犯河水。可是陈英甫一进京，就夸下海口，说传统戏法徒有虚名，不值一看，这可是砸人饭碗的事。戏法艺人平日里再怎么明争暗斗，这时候也得凑到一起想想辙。作为声名鹊起的新秀，替传统戏法讨个公道的任务就交给田宁了。

（旁注：同行之间因为互不服气而明争暗斗的例子屡见不鲜。冒充中国魔术师的程连苏就和当时另外一位中国魔术师金陵福（本名朱连魁）立下过类似的赌约，相互拆穿对方的表演技巧，他们甚至约定好了时间和地点，只不过后来金陵福未去赴约。）

那个时候的老百姓东瞅瞅西看看，就图一乐子，谁也没把这事放在心上，至于田宁自己，他才不在乎什么同行、什么传统，他就是受不了这气，学艺这么多年，面子不能丢了不是？所以才一心想要较量个高下。

——摘自小说《大魔术师》第四章

4月9日　　百花大戏院

　　今天是陈英4月以来在北京的第一场表演，来<u>东安市场</u>百花大戏院的观众要比想象中多一点。东安市场紧挨着王府井大街和洋使馆，向南不远就是东交民巷，不少洋人喜欢在这里闲逛，热爱西式玩意儿的人也喜欢来这里吸收点"洋气"，我过去常来，平安电影院、吉祥戏院都在这附近。

　　三天前田宁的表演尘埃落定，本来已经快被冷落的"西洋戏法"突然又重新获得关注，不少起哄的观众都抱着看笑话的想法，期待着陈英也演砸一次，但陈英显然没有被诡异的气氛所影响。

　　他穿着一身西装，戴着礼帽，在舞台上优雅地走来走去，不时向观众挥手致意。然后他摘下自己头上的帽子，正一圈反一圈地亮给舞台下的观众看。帽子内里空空如也，接着他把帽子抛向空中，伸手接住，吹了一口气，双手摇晃，一只白色的鸽子就从帽子里飞了出来。

光绪二十九年（1903年），政府为了城市规划，开辟出原神机营一块占地面积约130亩的地方，将原来集聚在东安门大街两旁的小摊儿集中到一起，形成了"东安市场"。1912年，曹锟的部队哗变（壬子兵变），在东安电影院放起大火，火势凶猛，蔓延整个市场，笔记里的东安市场应属1913年重建的新东安市场。

戴戴一脸不屑："西洋戏法，净搞这些花架子。"听到这话，小宝憋着笑，斜过眼睛来看我。我用手指在嘴上做了个手势，让他先别说话。

演出结束之后，我让戴戴和小宝在戏院门口等我，我自己跑去舞台后台找陈英。陈英在戏院后台的工作室里堆满了魔术道具，大多是礼帽、手帕、拐杖之类的西方玩意儿，在书桌的角落里还杂乱地摞着一叠介绍魔术表演的杂志和书籍。

我把名片递给陈英，跟他说我是《白日新闻》的记者，同时也是西洋魔术的爱好者，所以想要采访他。陈英接过名片看了一眼，甩给我一本杂志，上面密密麻麻地写着魔术的术语和图解。

陈英介绍说："国内对西洋魔术感兴趣的还真是少数。这是我们新星魔术俱乐部的刊物，里面详细介绍了西方魔术的表演，有什么不明白的你就问我。"

我把杂志放在一边："魔术我了解得不多，摆摊卖艺的戏法表演倒是看过不少。"

陈英听了这话没了兴致，转身去隔间换衣服："传统戏法靠的是手上功夫，熟能生巧，没什么新奇的。西洋魔术用的都是'科学'机关，'科学'知道吗？赛恩斯（Science）。没有什么传统戏法是'科学'解释不通的。"

我继续追问:"听说田宁也常来你的俱乐部?"

陈英的语气明显有点不悦:"来过几次,只是大家志向不同,聊不拢,就没再接触。"我觉得他的话里大有文章,但是看陈英对他和田宁斗法的事只字不提,我也不能直接戳破,决定还是旁敲侧击一下:"前两天赵家班的表演轰动全国。你说真有这能把大活人变没的戏法吗?"

"亏你还自称魔术爱好者。魔术和戏法表演本质都是障眼法,那场演出我去看了,活人怎么可能消失呢?不要相信自己的眼睛。"

<u>我本想再问几句,陈英却不想再谈任何有关表演的事情了。</u>

趁着陈英还没出来,我迅速翻了翻陈英书桌上的杂志,一边冲他说:"陈先生忙吧,如果方便的话我想看看您收藏的这些书刊,对我了解魔术肯定有帮助。"

陈英含糊地应和了一句。在一堆魔术书刊中,我看到几张胡乱放着的<u>《南侨日报》</u>,其中还夹着一张精美的卡片,画面里是人群聚集的广场,几个古装打扮的人被绳索系在空中,看着有些眼熟。卡片下面是一封还没寄出的信,信

对于魔术师来说,透露魔术的奥秘是行业大忌,后来魔术界整理出"萨斯顿三原则",更加明确了这点:1.魔术表演之前绝对不透露接下来的表演内容;2.不在同一时间、地点对相同的观众变同样的魔术两次;3.魔术表演过后,绝不向观众透露魔术的奥秘。

经查证,此处所提及的《南侨日报》于清宣统三年(1911年)初在新加坡创刊,黄吉辰、卢耀堂主编,与二战之后陈嘉庚等人创办的《南侨日报》无关。

封上写着"韩秉谦收"。我把它们一并夹在报纸当中,和陈英道别了。

从百花大戏院出来,本想直接回家仔细研究研究手里的杂志,结果路上看到东安市场最近多了不少烟摊,我烟瘾犯了,就想去买几包烟回去。

我捧着杂志,走到近前的烟摊,习惯性地想要一包"飞马"。

卖烟的是个半大孩子,他说:"我们这儿没有'飞马',现在没人买国产烟了。不如你看看'大前门''三炮台''老刀',我这儿都有。"

我心里觉得奇怪,没听说过还有只卖洋烟的烟摊。我摆了摆手说算了,还是国产烟抽着习惯。后来一路问了两三家才买到,只抽了一口,就止不住地咳嗽起来,香烟霉气呛口,我心想大概是买到了假货。

> 相关资料一并收录在"证物三:百花大戏院"中,在证物里,能发现不少线索和值得怀疑的地方。
>
> "飞马"是南洋烟草公司1906年推出的国产香烟品牌。
>
> 均为英美烟草公司旗下香烟品牌,行销全国。

4月10日晨　　茶馆后台

昨天夜里，我重新翻看了在戏班大院找到的几张图纸。想到陈英昨天和我讲的那番话，我觉得要想搞清楚田宁消失的原委，还得从魔术表演出发，早上便准备到望风楼茶馆去看看。

茶馆距离天桥不远，已经恢复了正常营业。田宁的事件一出，喝茶看戏的人群反而络绎不绝。过去在报社的时候，我常来茶馆听戏，和老板多少算是熟悉。他一看到我就猜出我是记者的职业病又犯了，遇上这么离奇的事情怎么可能错过。

我让伙计带我去看田宁表演用到的纸箱，纸箱长不过六十寸，宽约四十五寸，上面的弹孔清晰可见，子弹完整地从正中穿透纸箱前后。我钻进纸箱，内里空间狭窄，如果田宁足够瘦小，侧过身子应该勉强可以躲过子弹的弹道，可是如果……如果持枪的观众枪法不准，或者心怀恶意，让子弹弹道偏离，那么藏身纸箱中的田宁无论如何都没有办法保证

（手写批注：长约两米。宽约一点五米。）

自己百分之百安全。

我带着疑惑让茶馆伙计把演出过程给我详细讲讲。

演出是在六点开始的,可是五点不到,望风楼茶馆就挤满了来看表演的人,这种盛况只有在谭鑫培那样的京剧名家表演时才出现过。不到六点一刻,后台鸣锣开场,田宁登上舞台,他先是表演了几个拿手的传统戏法,像是"飞钱不见"啦、"空壶取酒"啦,都是天桥常见的"手彩活",大家早就不稀罕了。嗑着瓜子、打漂儿看戏的观众开始起哄,让他赶紧表演点绝活。

田宁在舞台上脱掉布衫,换上一身西装,全场开始安静下来。田宁坐在椅子上,蒙上黑色纸箱,助手从观众席随机邀请了一名观众,按照田宁的计划,用准备好的手枪射击。

枪响之后,伙计掀开纸箱,和预料中一样,纸箱内已空无一人。接下来,伙计按照事先商量好的,走到舞台另一侧预先放置好的被黑布盖住的鸟笼旁,准备表演下一个节目"白绫飞鸟"。他按照原计划从鸟笼正面的小孔将白绫伸进去,冲着鸟笼吹一口气。一只鸽子从鸟笼中飞了出来。

可这件事情就奇怪在这里,之前田宁和他商量好会在这个时候手里捧着鸽子从笼中走出来,可等了半天,飞出来的也只有鸽子,他本来以为田宁有了新的谢幕方式,起初没有在意,可是直到当天人群散去之后,遍寻整个茶馆也没有发现田宁的踪迹。

我随口问他:"那天负责开枪的观众是谁还记得吗?"
伙计蹙紧眉头,过了一会儿才说:"好像是天桥的程傻子。"

伙计说田宁无论如何也不愿意告诉他如何完成这次表演,说这是"秘密",演出的舞台是田宁为了表演临时搭建的,如今上面盖着一层厚实的地毯。演出道具也是田宁制作的,其他人都没有来过问。

我在舞台上来回踱步,脑海里反复演习着当日的表演。

藏身纸箱,枪声一响,纸箱纹丝未动,田宁却人间蒸发。真是一大奇事。

纸箱四周并无异样,如果要在其中做手脚,只能是在舞台上。茶馆平日里常有京剧演出,原本就有舞台,但田宁的表演却要临时搭建舞台,这让我心中有了一点猜测。

我问伙计演出当日舞台上有没有铺这层地毯。伙计想了想说,印象里没有。演出结束后是茶馆惯常的京剧表演,这才重又把地毯铺上。

我心里有了数，让伙计撤走地毯，按照演出当日的位置把纸箱摆好，然后全面地检查了舞台现场，并将内容记录在<u>《舞台现场调查报告》</u>中。

<small>《舞台现场调查报告》被收在"证物四：望风楼茶馆"中。</small>

我从纸箱里面爬出来，戴戴问我："怎么样，发现点什么没有？"

我冲她笑了笑："我大概明白这'大变活人'的手法了，但是得想办法证实一下。"

我找来茶馆伙计，问他："田宁表演魔术的时候有没有用到其他道具？"

伙计说，道具都是田宁演出前带来的戏班道具。演出结束后田宁失踪，他们就去检查了演出道具，翻来覆去也看不出什么异常，就让赵桥把道具拉回了戏班大院。<u>接着伙计递给我一张演出的节目单和道具明细</u>。我收下演出单，继续问他，演出当日有没有异常发生。

<small>当日演出节目单和道具明细，已被收存在"证物四：望风楼茶馆"中以便查阅。另附太爷爷留存的当日戏报一份。</small>

伙计想了一会儿，说："演出开始时间是傍晚六点。上午十点多田宁便来到茶馆做准备。十二点左右田宁去前门大街吃饭。对了，当天下午茶馆还出了件怪事儿，田宁吃过饭，回到茶馆，发现自己准备道具的后台被翻得乱七八

糟。我外出办事,回来之后,田宁说有人曾溜进后台,但没见任何东西丢失,之后田宁草草查看了道具,并顺利完成演习,当时并未有任何意外发生,因此我们也就没把这件事放在心上。直到五点半,观众开始陆续进入茶馆,都没再有异常发生。"

我心下觉得蹊跷,抬头问伙计:"你可以确保道具没有被做过手脚吗?"伙计摇摇头:"道具的秘密只有田宁知道,他担心出乱子,特地提前做过演习,没有任何异常。"我把伙计的话记了下来。

戴戴听完一脸疑惑地问我:"接下来怎么办?"
我看着伙计递给我的节目单,想了想说:"看样子得再回戏班大院一趟。"

◎ 金木在茶馆完整地了解到田宁演出的经过,但是对于田宁是如何在众目睽睽下从舞台上消失,却没有合理的解释。根据目前的线索,他试着找出田宁在演出当日消失后最有可能藏身的地方。

4月10日晚　　戏班大院

赵桥再次看到我的时候，表现得非常意外。几天过去了，戏班依旧没有完全从田宁失踪的影响中恢复过来，听小宝讲，赵家班撂地演出的收入已经大不如前，这个失去了当家明星的戏班受到的打击不小。

我和赵桥说，田宁的案子可能有进展。赵桥先是一愣，然后急切地问我详情。

我没有跟他讲舞台的机关，而是问他田宁当天用来变"白绫飞鸟"的鸟笼在哪儿。

赵桥告诉我，演出当天用到的道具大多已经封存在了地窖里面，其中"白绫飞鸟"和"洋人扇戏"都是田宁的独家绝活，如今田宁下落不明，也不忍睹物思人，因此道具都被搁置起来，我说田宁消失的原因我已经猜到个大概，只是想看看这些道具，确认一下自己的想法，之后便跟随赵桥来到储藏杂物的地窖。

在堆满杂乱道具的地窖中，硕大的鸟笼尤其显眼。由于长期不通风，空气中隐约可以闻到腐烂的味道，我看了看被统一搁置的田宁演出当天的道具，心里大概有了数，径直去看被压在最底层的鸟笼。

我最先注意到的是鸟笼正面的小门，它被凹槽卡住了，来回试探几次之后终于变得松动起来，我猛地一用力，将小门拽开，但是鸟笼里面空空如也。赵桥在旁边说，鸟笼是田宁自己打造的，田宁消失当天，他和茶馆伙计都检查了多次，没有发现异常。此刻看来，鸟笼的大小也不足以藏下一个成年男子。

我愣住了，这和我预想中的情况不大一样。

我原本想，所谓"大变活人"的奥秘，在于利用障眼法，将自己隐匿起来。既然田宁通过舞台之下的暗道将自己隐藏起来，那等观众开枪之后，田宁一定会躲进其他地方等待下一次亮相，在节目单里，下一个节目就是"白绫飞鸟"，因此他来到鸟笼等待出场的可能性最大。

我仔细查看过田宁所画的图纸，和眼前的鸟笼一模一样，图纸中清晰地标注着定檐内部与后壁的连接处有一道暗锁，我定下神来，伸手去摸，可定檐却是钉死在鸟笼上的，没有办法打开。定檐外侧面有一道不起眼的锁扣，可是没有锁头。

戴戴看我煞有介事的样子，也在一旁着急："金木，你到底行不行啊？"我一时没有什么好的办法，只好再问赵桥："演出的道具是不是只有田宁自己清楚？"

赵桥叹了口气："他这次的表演虽然看起来都是传统戏法的手艺，但是都被他改造过。就拿鸟笼来说吧，就是把传统戏法的'白绫变兔'，改造成'白绫飞鸟'。田宁在戏法上有自己的主意，我也和班子里其他人交代过，不准他们学习洋戏法。"

我思来想去仍无头绪，对赵桥说了句"多有打扰"，就匆匆离开了。

4月11日　　天桥

天刚蒙蒙亮的时候，我就被吵醒了，小宝急匆匆地把我叫起来，说赵桥在天桥和人吵起来了，让我赶快去看看。

"嗨，别提了，赵家班今天正式恢复演出，结果赵桥一大早就和程傻子吵起来了。我路过听了几耳朵，好像是程傻子趁着田宁出事抢地盘来了。"

和赵家班吵架的这人我听说过。

天桥一带卖艺演出的班子和艺人众多，鱼龙混杂，最有名的要数"天桥八大怪"，个个身怀绝技，其中程傻子就是靠耍狗熊和卖力气的杂耍吸引观众，也是天桥一绝。可自从赵家班来天桥撂地，新鲜戏法越来越受欢迎，聚集在赵家班前面的观众也越来越多，程傻子的摊子冷清了不少。双方为了抢地盘，积怨肯定不少，估计这回是程傻子想趁田宁出事找回场子。

当天程傻子开枪就够让人生疑了，如今又和赵家班闹起

天桥自元、明时代出现了市场和商业群之后，到了清代已变得日益繁华，原因之一便是历代各行业身怀绝技的民间艺人在天桥施展自己的艺术绝技。其中最广为传诵的要数"天桥八大怪"，辛亥革命以后出现在老天桥民间艺人中的佼佼者和演技奇特怪异者，是第二代"天桥八大怪"，他们是：让蛤蟆教书的老头儿，表演滑稽二黄的老云里飞，装扮奇特的花狗熊，耍中幡的王小辫儿，三指断石的傻王，耍金钟的（姓甚名谁已无人知晓），数来宝的曹麻子，耍狗熊、顶碗的程傻子。

了矛盾，我心里犯起了嘀咕。

大清早本来并不是天桥最热闹的时候，但是遇上吵架的，还是挤了不少人看热闹。程傻子嗓门粗，大老远就能听见他的声音："田宁这小子说我只会傻卖力气，可再看看他自己，满身花架子，变戏法把自己给变死了。你们赵家班脸都被丢光了，还出来占地演出？"

赵桥满脸通红，说不出话，几个徒弟不服气，吵吵嚷嚷地骂着含糊的话，偶尔蹦出来几句："是不是你动了什么手脚？"

我正想上前把两个人拉开，突然发现身后有人拽我。我一回头，原来是戴戴。

我说："看热闹你倒是跑得快。"

戴戴没理我，神秘兮兮地把我拉到一边，说："演出那天我就纳闷儿，程傻子一个在天桥卖艺的，怎么舍得花钱去茶馆看表演呢？我觉得事情不简单，如果田宁真是遭到不测，程傻子一定脱不开干系，这几天我一有空就盯着他。"

戴戴的话有点道理，田宁在舞台上消失，最大的可能就是演出过程中出了事，但是因为没看到尸体，所以大家不愿推定是演出发生事故造成的。不过一个大活人人间蒸发，开了关键一枪的程傻子无论怎么说都有嫌疑，有没有可能田宁压根儿没机会进入舞台之下呢？难道田宁完全没料到参与演出的观众有故意破坏魔术的可能吗？

这时候赵桥已经把徒弟劝开，让出了演出的地方，围观的人群看这架打不起来了，也一哄而散。

小宝拉着我和戴戴继续在天桥闲逛，我满脑子都在想田宁的案子，提不起兴致来。他对我说"天桥八大怪"里头有一"怪"不能不看，那人叫蛤蟆老头，也是个表演奇技的，还是程傻子的同乡，在田宁房间和陈英房间里发现的戏法图画，没准他能知道点什么。我们往前走出没多久就看到一个老头，敲锣打鼓招呼过路人，小宝冲我一挑眉，我围上去看了两眼，老头拿出来一个竹筒，搁在地上打开，轻轻敲起鼓，密密麻麻的黑黄两色蚂蚁好像听懂了号令一样分列两队，依次排开。老头再敲，蚂蚁就开始交错穿行，排列变幻。

演出结束，我把预备吃早点的钱都给了蛤蟆老头，顺便问问他那图纸上画的吊在空中的绳索的事。

小宝没猜错，这老头还真知道。

蛤蟆老头说，图纸中的戏法叫作"神仙索"，是一门高深莫测的绳技，据传是西域引入的，表演者将一条绳子扔向空中，绳子可以从地面垂直竖起直通天际，地面上的人通过这条绳子一直向上攀爬直至消失。技艺高深者甚至能沿着绳索爬上天空，变作残肢断体落下，然后再复原成一个活人。故事中有不少相关记载，可即使像蛤蟆老头这样走南闯北多年的老艺人，也从没遇见过真正了解"神仙索"奥秘的

相比较"神仙索"这个口口相传的名字，更通用的说法应该是"通天绳"，这种古老的魔术起源于印度，因此也叫"印度通天绳"。成书于七世纪的《梵经》第一章就提到"顺绳爬上天空的魔术师"。唐代中期，东南沿海一带航海贸易发达，"印度通天绳"技法被远航船员以口耳相传的方式传入中国。关于"通天绳"如何实现并没有明确严谨的结论，不少人倾向认为是通过绳干内部机关或者钩索来让绳干保持垂直，另外还有人认为这不过是通过某种群体催眠产生的幻觉效果。

人。不过……

我看他欲言又止，赶紧问"不过"什么。

老头低声说："有传闻说，韩秉谦知道'神仙索'的秘密。他可是我们彩立子里头的'腿'呐，要说真有人了解'神仙索'的秘密，估计非他莫属了。"

我心里有了数，又问起来程傻子的事情。老头看了看我说："出来撂地，争地盘那是常有的事，赵家班在天桥打出名气之后，和程傻子吵过很多次。只不过碍于赵班主的面子，以及田宁和黄府小姐的关系，天桥上没人真的想和田宁过不去。不过说来也怪，这两个月以来，每到六七点钟程傻子就会提前收摊，不像他的习惯。"

听到这话，戴戴来了兴致："哟，田宁还和黄府小姐有故事呢？快说说。"

"一个卖艺的穷小子，我看他是想吃天鹅肉。"

这话让戴戴有点扫兴，我谢过蛤蟆老头，拉着他们往回走。

天桥卖艺的多以打把式为主，比如"金枪刺喉"，再就是舞刀弄枪的，变戏法的班子倒不算多。我想起来赵桥和我说的"白绫变兔"的戏法，把小宝叫到跟前，问他："你以

（旁注：民国黑话里把变戏法的手艺人称为"彩立子"。）

前也在天桥卖过艺,这'白绫变兔'的戏法听过没有?"

小宝没让我失望,他和我讲,所谓"白绫变兔",也是门传统手艺了,一只木桶,空空如也,扔进去一块白绫,"仙气"一吹,木桶里就会跳出一只兔子。流程和田宁预备在茶馆表演的"白绫飞鸟"几乎完全一样。

我听着新鲜,赶紧问他:"这里头有啥玄机,快说来听听。"

听他讲完之后,我一拳锤在他的肩膀上:"小宝啊,你可帮了大忙了。"我拉起戴戴,让她跟我一起回赵家班,让小宝去警察厅报案,就说已经找到田宁的下落了。

笔记在这里中断了一下,接下来的几段文字由于沾染上了水渍,再加上时间久远,笔迹被抹得一塌糊涂,难以辨认。根据前后段落来看,应该是太爷爷记叙了小宝和他讲的"白绫变兔"的始末,以及他对田宁之死的猜测。但是我无从证实,后来我查阅关于传统戏法的资料,终于在清末唐再丰所著的《鹅幻汇编》中找到了关于"白绫变兔"的记载。为了弥补这一段缺失的笔记,我特地将《鹅幻汇编》的相应章节资料附在档案中,希望可以帮助读者理清田宁所演戏法的关键。

41

而随着田宁的失踪之谜逐渐被破解，整个案子也开始进入另一个阶段。

◎ 金木始终对田宁藏身在鸟笼里深信不疑，但他探访赵家班时，却并未在鸟笼中找到田宁的踪迹，经过对图纸的研究和对传统戏法"白绫变兔"的观察，金木似乎了解到其中的蹊跷，根据当前线索试着猜测一下，田宁是如何完成这场魔术表演的。

4月11日晚　　赵家班大院

再次来到赵家班大院的时候，天色已经暗了下去。我敲了半天门也没人应，过了一会儿，上次遇见的杂耍男孩慢慢把门打开，探出脑袋往外看了看，一见是我和戴戴，冲我们眨巴了两下眼睛，说："师父出去了，让我别开门。"

我赶紧伸手把大门拦住，戴戴跟在我后面说："少废话，想不想赶紧找到你们少班主啊？"听了这话，男孩没再拦着我们，我们进去之后，他重新把大门关上。院内依旧冷清安静，院子里的房间都紧闭着房门。我小声问他："怎么你这些师兄弟都把自己关在房间里？"

男孩说："田宁师哥消失这事儿让师父发了好几次脾气，今天下午也是，大家都没心思练功，你们一走，师父就让师兄弟们在房间里关禁闭，他自己出去找人，说是要为田宁师哥准备后事，这么多天不见人，在师父心里，田宁师哥怕是已经死了，办完后事，班子才能真正重整旗鼓。"

戴戴说:"我看你们赵家班对这位师哥的消失挺冷漠。"

男孩有点沮丧:"别提了,自打田宁师哥开始学西洋戏法,师父想了不少办法让他回心转意,还让其他师兄弟一起孤立田宁师哥。师父本来对田宁师哥最倚重,说过好多次,未来赵家班就是他的,师兄弟们都觉得师父偏心。望风楼出事以后,大家心里都不痛快,又不敢说出来,我知道他们在想啥,这么重要的节目演砸了,赵家班的名声都被他给毁了!但我觉得这里头肯定有问题。"

我跟着他走到地窖入口,地窖没有上锁。男孩有点紧张地问:"要不,我们还是等师父回来吧?"

我拍了拍他的肩膀:"放心吧,出了事算我的。"此时有人听到响动,推开屋门朝我们望来:"谁让你们进来的?快出去。"看起来年纪最大的少年冲我们走过来,伸手驱赶我们。

我对他说,我知道田宁是怎么从舞台上消失的了,进地窖就可以展示给他们看,另外我已经通知了警察署,警察不久就到。

少年停下来看着我们,就在双方僵持的时候,门外响起了敲门声,汪亮带着外二区警察署的巡警赶了过来。

汪亮是我的好朋友,早年在日本仙台医学专门学校读书,回国之后就在警察署任职,算是自己人。

鸟笼现场复原图

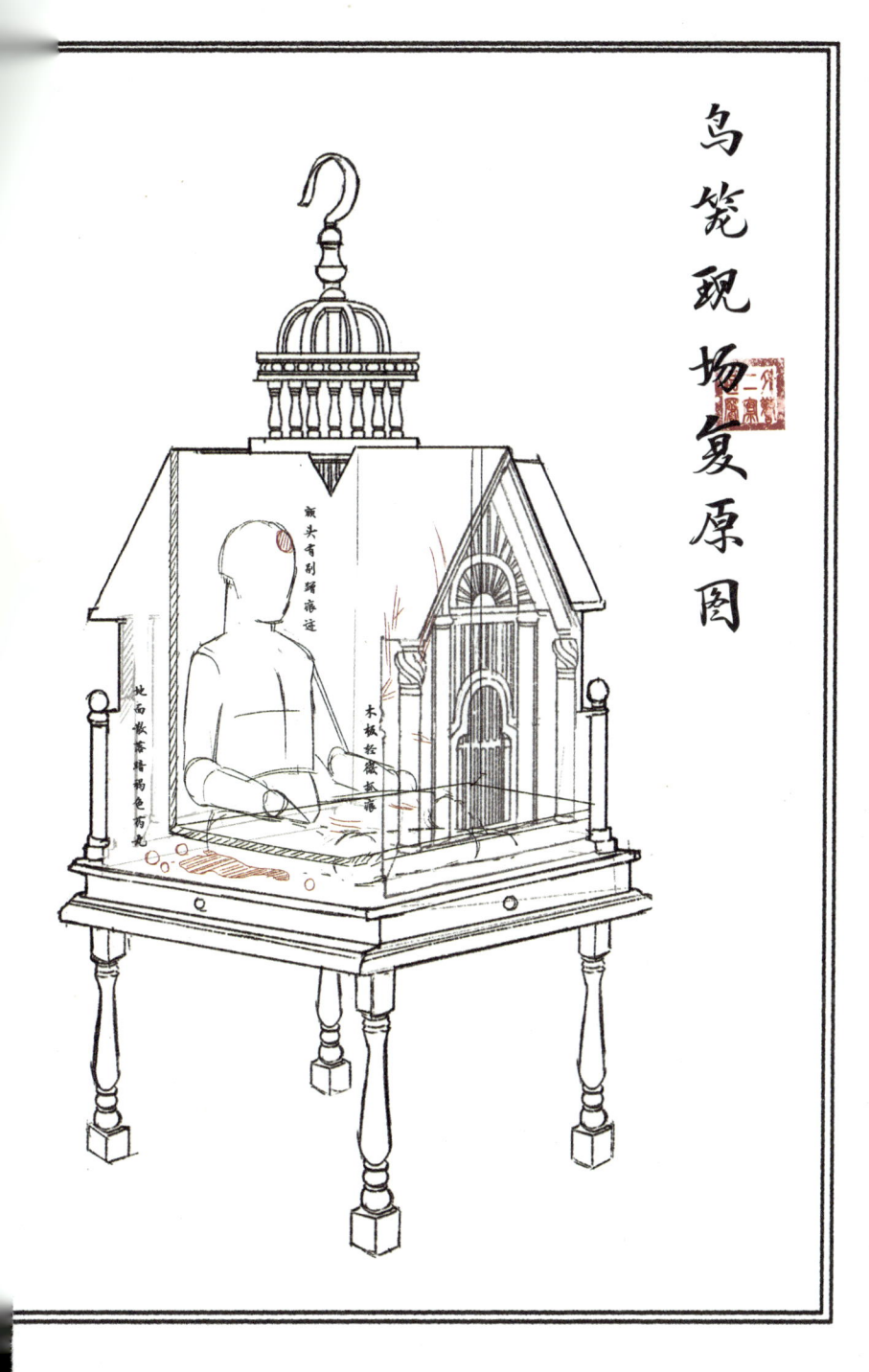

兩尺三

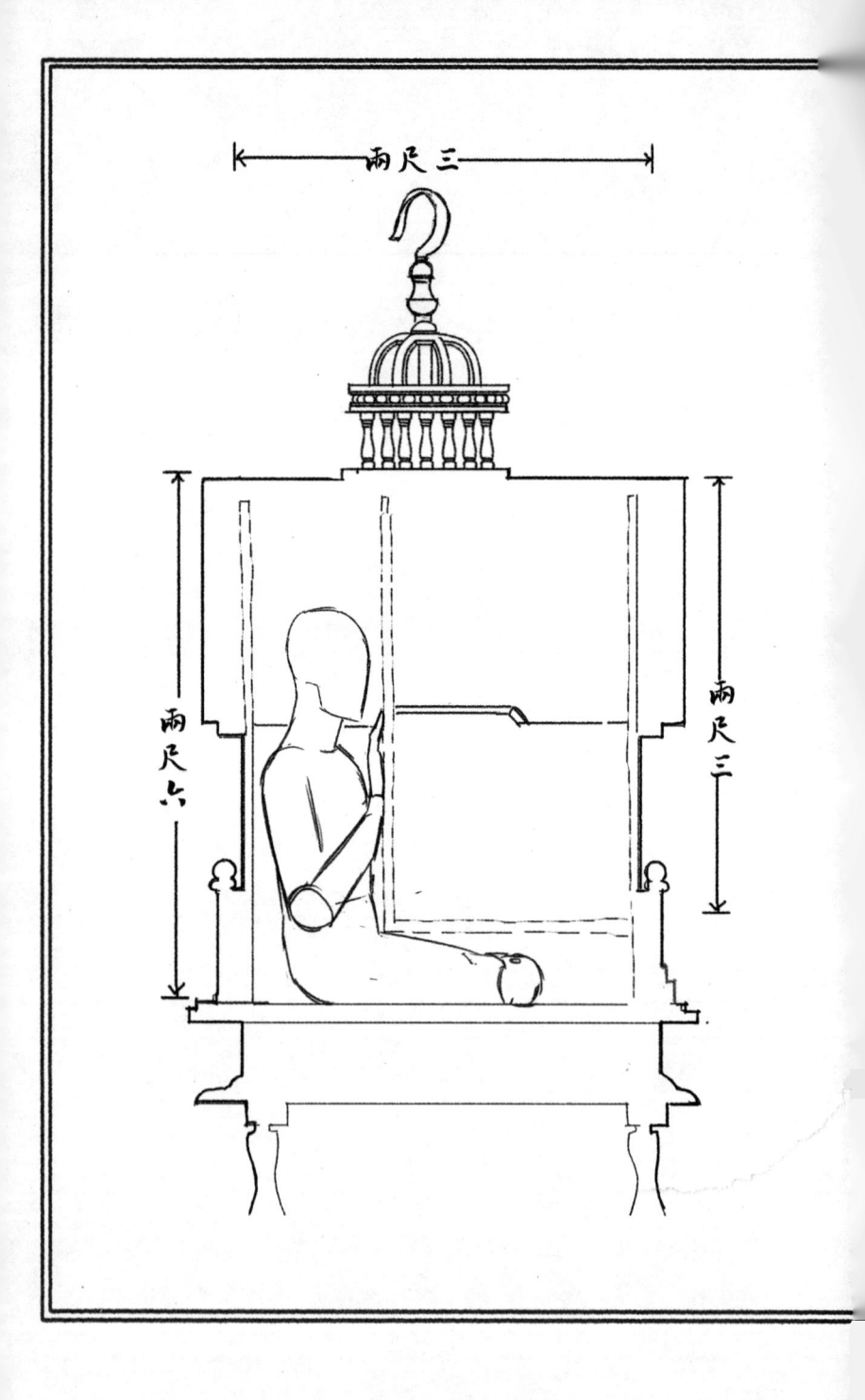

兩尺六

兩尺三

我和戴戴把鸟笼搬了出来，我找到一把斧子，顺着定檐锁扣的位置，沿着边沿轻轻地侧劈下去，定檐被我从中间劈断，一股轻微腐烂的气味随之飘散而来。像我猜测的那样，箱子后方露出一个细窄的暗格。只是中间被一层隔板挡住，从正面的鸟笼门中无法看到里侧的隔间，鸟笼内部的装饰也让人无法准确感受到里面空间的深度，隔间里面安装了一把暗锁，在暗格里将开关锁上，那么别人从外面看时丝毫不会意识到里面的玄机。魔术演出的时候，田宁一定就是藏身暗格当中。

但是此刻暗格里面空空如也，没有田宁的丝毫踪迹。

地上散乱着一地的药丸，表面呈灰褐色，小的小如鹌鹑蛋，大的则有鸡蛋大小，我拿在手里掂量着。戴戴说："这不就是天桥上卖的大力丸吗？"

我把药丸拿给汪亮，让他带回警察局做鉴定。

我看了看周围的人说："这就是田宁藏身的地方。演出过程中田宁从纸箱躲进鸟笼，并从里面上了锁，观众从鸟笼外面看过去，完全不会发现破绽，而从正门看过去，鸟笼带来的视觉误导让人很难分辨宽度，因此完全隐藏了暗格的空间，鸟笼底层同样是一个活动木板，可以让田宁从舞台上下进出。这就是为什么赵班主和观众都完全没有意识到田宁就

太爷爷为此做了鸟笼机关复原图，还做了现场记录。我将其保留收存下来。

45

藏身在鸟笼之中。"

"你说了这么多，那田宁现在到底在哪儿呢？"人群中有人问。

我一时哑口无言。

就在这时，赵桥回来了，他仔细查看了鸟笼的暗格，大概明白发生了什么，便驱散了围观的人群，拉着我进了里屋。

"本来都是家丑，不可外扬，不过你也看到了，田宁染上大烟瘾有些日子了。刚来天桥的时候他表演太过辛苦，看不少摊子上有卖大力丸的，就动了心思想试试，说是吃了舒坦，浑身有使不完的劲儿。服用了几次果然演出也更卖力气了，可是没多久就发现这大力丸有问题，吃了上瘾，好像再也离不开了，后来就干脆直接吸上了鸦片。为这事我和他吵了好几次，他为了躲我就四下藏鸦片，连魔术道具里头也有。还有江湖上的朋友找到我说，因为鸦片的事儿，田宁招惹上了黄四爷，让我想办法。可我实在想不明白，他怎么会和黄府扯上关系？"

听了这话我也纳闷。黄四爷我认识，大总统黎元洪在湖北任军政府都督时，他曾在黎手下担任军官，说起来和我父亲还算是同僚。不过随黎元洪进京之后，因未入选黎元洪一手组建的参政院而与黎元洪产生矛盾,转而弃政从商,经营烟草生意。

能和黄府扯上关系,这田宁本事还真不小。我心里想着。

最后赵桥和我说:"我看田宁的死,和他吸鸦片有关。"

我想了想,觉得有点道理。可是心里的疑惑太多,我在犹豫该如何跟赵桥开口。

沉默了一会儿,我还是决定单刀直入:"田宁到底为什么执意要做这场演出呢?"

赵桥略微犹豫了一下,说:"说起来还是我的问题。前段日子西洋魔术师在北京摆擂台的事情你应该听说了。我学古彩戏法表演四十多年了,怎么能让一个西洋来的跳梁小丑横加羞辱呢?本来应该我去摆平这件事,但我年纪大了,退出赵家班是早晚的事,我一心栽培田宁,有意让他借这个机会一飞冲天,要是能杀一杀陈英的威风,名声打响了,将来接管赵家班也算名正言顺,可是田宁这孩子倔得很,不肯表演古彩戏法,非要演什么'更厉害的节目'让大家开开眼。怎么劝都不行,我只好依了他,结果呢?就出了这事儿。"

我看赵桥面色为难,知道他心里有难言之隐,我猜这

"更厉害的节目"，如果不是赵桥亲授，那么大概就是从韩秉谦那里学来的绝活了。

"可是我还想问一句，这古彩戏法和西洋魔术各有侧重，田宁如果能兼习两者，那不是好事吗？何至于抵触到了这个地步？"

赵桥没回答我，苦笑了两声，过了半响才慢悠悠地说："想当年，戏法多风光啊，连溥仪皇帝都是戏法迷，逢年过节就有戏法班子进宫表演。就我手里这点手艺，那都是从宋朝开始一点点传下来的，你说，西洋那玩意儿比得了吗？"

临出门前我问赵桥："听说民间有个传得神乎其神的古彩戏法，叫'神仙索'，不知道你听过没有。"

赵桥顿了一下，反问我："'神仙索'的传说由来已久，但是没人真的见过，难道你也对戏法感兴趣？"

我摆了摆手："上次在田宁房间看见画着'神仙索'的图纸，好奇才来问问，不知道田宁悟出了什么关于'神仙索'的门道没有？田宁演出的这场'大变活人'，和'神仙索'有关系吗？"

赵桥摇摇头："'神仙索'是门奇技，失传很久了，田宁虽然对戏法悟性极高，但要说他通'神仙索'，我是很难相信的。我是他的师父,他会什么戏法没人比我更清楚。"

出门的时候,两个巡警聚在旁边抽烟,和戏班徒弟闲聊。

我去搭话:"这案子也该你们警察署管管了吧?"

高个子巡警把烟头扔在地上踩灭,笑嘻嘻地说:"天桥打把式卖艺的月月都有伤到自己的,可是变戏法把自己变没的真是头一次见,法律也没规定功夫不到家的不能跑出来卖艺收钱不是?"

我一时无语,汪亮上来安慰我:"这活不见人死不见尸的,警察署也没办法。当务之急还是先把田宁找着。"

当天晚些时候,我安排小宝跟紧程傻子,看看他这葫芦里卖的到底是什么药。与此同时,我约上戴戴去黄府拜访一遭。

4月12日上午　　黄府

黄府就在宣武门大街一带，距离国会议院不远。

递上名帖没多久，黄府的管家就出门把我迎了进去，八成是看在我父亲的面子上。

在黄府内堂我看见了黄四爷，他穿着长袍，一面招呼我入座，一面让管家上茶。他笑眯眯地看着我说："这不是金二爷吗，不知道什么风把您吹来了？"

我拱了拱手："听说黄爷弃政从商，把黄氏烟草做得风生水起，特来拜访一下，日后有需要的地方还得请您多多关照。"

黄四爷挥了挥胳膊："哪儿的事，现如今烟草业还不是洋人把控着？就拿国内烟草销量最大的上海来说吧，十之六七的烟草都是人家生产的。你看看我自己抽的都是'大前门'。"说完他嘿嘿地干笑几声，不再看我。

我知道黄四爷有个女儿叫黄芸，他平日里对她疼爱有加。寒暄几句之后，我看他不想再理我，就把话题转移到了黄芸身上："这几天蔡元培先生预计筹办的国立北京美术学校快开学了。我听说黄四爷有个女儿，不知道在哪里读书，如果喜欢画画，倒是个合适的学校。"

黄四爷放下手里的茶杯："别提了，<u>我让她去北京女子高等师范学校读书，本来是想让她安心学习，结果她整天想的都是邪门歪道，念叨什么新青年、新思想。这不，巴黎和会的事情刚传过来，她们学校又要组织闹事，我就不让她去上课了。</u>杂七杂八的书看太多，自己都快走火入魔了。实在不是什么好事，金二爷也是有学问的人，要不帮我劝劝她？"

我正想找机会和黄芸聊上几句，就一口答应了下来。

黄芸卧室在黄府二楼里侧，桌上除了书本报刊之外，还零散放着不少圆球、手帕之类的小玩意儿，<u>有的看起来像是魔术道具，还有一个写满符号的圆片</u>，我觉得好奇，就拿在手里把玩。

我问黄芸："原来黄小姐也喜欢魔术？"

黄芸在看书，闻言抬头看了我一眼："谈不上喜欢，随便玩玩儿。"

我对黄芸简单介绍了自己，很快把话题转向了田宁："那

1919年4月，正值五四运动前夕，追求自由的萌芽逐渐在青年群体间广泛传播，这个时候的北京正经历着传统文化与新思潮的碰撞，而这两个年轻人全然没有意识到自己同样成了这场文化运动浪潮的一部分。

这个圆片我反复研究了好久，但百思不得其解，暂时放在了"证物五：黄府"中，以备不时之需。除此之外，还拿到了黄管家日程表和黄府烟草广告，一并收录。

轰动京城的望风楼戏法表演你一定也听说了吧？"

黄芸不动声色地说："听说是听说了，但是最近忙于读书，又被父亲关在家里，就没去看热闹。听说表演出事了？"

我嗯了一声："演着演着人就不见了。这下倒真成了'大变活人'了。黄小姐喜欢魔术，不知道有没有看过这位戏法新秀的演出？"

"生日宴会上看过，他的表演有点意思，带着不少西洋花样，都是我从来没见过的。但是父亲不大待见江湖艺人，后来就不让我再去看他的演出了。"

黄芸提到的那场生日宴会，应该就是之前听赵桥讲起的"万国魔术大会"。在那场宴会上，田宁第一次说起自己在构想"大变活人"的戏法，宴会上黄四爷曾经提到西洋魔术师程连苏的"手接子弹"魔术，田宁直言"手接子弹"的奥秘在于利用假枪换上空包弹，不算什么绝活，自己也能表演类似的节目。

提到黄四爷和田宁的时候，黄芸明显停顿了一下，但她对望风楼的演出毫不关心，反倒增添了我的疑惑。

黄芸书桌上摆着几本有些破旧的《新青年》，我随手翻看着，心里想着田宁桌子上的那本书。黄芸看我默不作声，有一搭没一搭地和我说："这几本书是去上海的同学给我捎回来的，看看新鲜。"

我点点头："说来也巧，前几天去田宁的房间参观，在桌子上也看到过几本。"我一边说一边回头盯着黄芸。

她被我看得有点不好意思："是我的书，我借给他的，他对这些新想法有兴趣，就经常跟我借几本书去看，有不懂的地方我会讲给他听。"

"难怪田宁那么喜欢西洋戏法呢。"我思忖着，接着问黄芸，"望风楼这场演出，你真的什么都不知道吗？事关人命，还希望黄小姐如实相告。"

黄芸摇摇头，没说话。

要离开黄府的时候，黄四爷又叫住我说，听说我给几个大报写稿，他手头正好有件事情希望我能帮忙。从上个月开始，陆续有人登报投诉黄氏烟草出售霉烟，要求赔偿道歉。黄四爷说，黄氏烟草虽然成立不久，但是从不干以次充好、出售霉烟的生意。他担心有人故意搞破坏，想委托我调查一下。

"您是怀疑有人冒充黄氏出售假烟，败坏黄氏烟草的名声吗？"

"手下的人说，烟草的确是我们公司生产的，但是他们可以确保公司出售的香烟都是优质香烟。这么大规模的霉烟实属反常，所以想请金二爷帮忙调查看看。当然，无论结果如何，都不会让您白白辛苦。"

我心中记挂着田宁的事情，加上对商界竞争兴趣不大，就没有应承下来，只说帮忙问问看。

黄氏烟草公司成立的时候，在宣武门外举办了一场大型宴会，不少达官显贵都到场庆贺。黄四爷讲话的时候慷慨激昂，当时正值实业救国思潮兴起，大家都觉得仕途不顺，期待黄四爷能在商界大展拳脚。没多久黄氏烟草公司就公开发售股票，一派欣欣向荣的景象。可是好景不长，英美烟草公司在中国的销售网络逐渐扩大，烟草行业的竞争越发激烈起来，黄氏烟草经营不顺，慢慢开始陷入破产危机。

不过这件事情在当时社会并没有引起什么强烈反响，而黄四爷和田宁之死的隐秘关联也是到后来，才逐渐显露。

——摘自小说《大魔术师》第九章

◎ 田宁的案子还没着落，黄四爷又有新的委托任务交给金木：如果方便的话，就请顺便留意一下黄氏烟草的案子。

4月12日晚　　新星魔术俱乐部

从田宁消失算起，差不多过去了五天的时间，关于背后的真相我依旧没有头绪。在所有潜在的可疑人员里面，我对陈英的关注尤其强烈。如果田宁对西洋戏法感兴趣，那么他去参加新星魔术俱乐部是很自然的事。可是这两个人之间的矛盾显而易见，真的像陈英所说，他们只是单纯聊不拢吗？

思来想去，我还是决定亲自去看个究竟，我根据从陈英那里拿回来的杂志找到了新星魔术俱乐部的地址。

从东安市场往西南走，是一片错综复杂的胡同，离东交民巷和使馆区很近，住着一些专为外国士兵所设的私娼，平日里更是鱼龙混杂。

我沿着杂志标示的位置往里走，看见一排土黄色的砖楼，大门虚掩着，旁边的牌匾上隐约能看见"魔术俱乐部"几个字，我敲了门，没有动静，便索性推门进去。

一楼空旷冷清，像是会客厅，沿墙放着几张沙发。顺着楼梯步入二楼，那里堆放着一些魔术道具，看起来应该是平常练习的地方。正中间的屋子尤其昏暗，空中吊着几条绳索，我用力去拉，绳子几乎纹丝不动，上空影影绰绰好像蒙着一层灰布。

　　绳索下面立着一些木桶，一阵风吹过来，身后的绳索搭到我的肩膀上，我猛地回头，看到绳子上有个黄色人影来回晃动，我顺手捡起桶边的剑去拨绳子，剑刃碰到人影之后，竟然流出血来。等我走近去看，人影又变成了一个纸人，我一把把它扯了下来。

　　我还在惊诧的时候，听到一楼有响动，转身想找个地方躲起来。可没走几步就觉得脑袋越来越沉，身体却变得轻飘飘的，步子也变得深一脚浅一脚，慢慢失去了知觉。

　　呼吸越来越轻，眼皮也变得更沉，睡梦里，恍惚之间我好像看到田宁被一群黑衣人追赶，一路从胡同追到了天桥。快被逼到尽头的时候，田宁停下来，从袖子里抽出一捆绳子，顺着天空直直地扔向空中，然后快速攀上绳索，只留下一道黑影。

　　黑衣人站在原地面面相觑，呆呆地看着悬在半空的绳索，嘴里念叨着："'神仙索'！是'神仙索'！"

　　不一会儿，空中零散掉落下一些块状物，还带着血。我想走上去看清楚。却被黑衣人挡住，他们大喊着："田宁死了！田宁死了！"然后一哄而散。人群散开之后，我才看清楚地上散落着胳膊、小腿、手指等器官，和图纸中一模一样。

我被吓得呆立在原地，此刻刮起一阵阴风，我出了一身冷汗。然后我看到一个神似田宁的背影从暗处蹿出来，一跳一跳地消失在黑夜里。

这个时候我听到耳边有人在叫我。

等我睁开眼睛的时候，发现自己躺在床上，陈英在我身边，他看我醒了，凑过来说："金先生要来，也不提前知会一声？"

我没理他，揉了揉脑袋，四处张望："我刚刚看到有人被我刺伤了。"

陈英笑了笑："传统戏法里有一招叫'纸人出血'，说是'以刀刺纸人使有血出尚不做奇也，既出血矣，仍使其血迹全无，斯为异耳'。其实无非是用黄表纸剪成人形，然后用涂了碱水的剑去刺，黄表纸中的姜黄就变成红色，看起来像是流血。用石灰水再去涂就恢复白色，这就是所谓戏法的奥秘。"

我仔细回味着他的话，喝了两口水，觉得精神恢复了，就撑起身子对他说："我在你的杂志里面看到一张戏法图纸，陈先生对传说中的古彩戏法也感兴趣吗？"

陈英转头去放水杯，过了一会儿，反问我："你说'神仙索'的秘密和这'纸人出血'像不像？"然后自问自答道，"我看一点儿也不像。'神仙索'的核心根本不是这些残肢和绳索，而是人如何能凭空消失，人间蒸发，其他这些障眼法无非是用来瞒天过海的。"

临走之前他对我说："田宁的确来过俱乐部，他对西洋魔术好奇，问了我不少事情。"

◎ 金木相信陈英没有把全部实情告诉他，关于田宁和陈英在魔术俱乐部的事情，如果你足够细心，也许会发现陈英可能隐瞒了什么。

4月13日　　报馆

从黄府回来之后，我头疼得厉害，稿子迟迟没有动笔，田宁的案子也没有进展。我看着手里的笔记，满脑子都是"神仙索"。一个似乎已经失传的江湖秘技同时被田宁和陈英这两大魔术新星注意到，不知道田宁和"神仙索"之间到底有什么故事。

我去《白日新闻》报馆，想找编辑借几本古书，根据蛤蟆老头的说法，"神仙索"属于绳技的一种，只是被传得神乎其神。我看过不少志怪小说，里面有很多关于江湖奇技的记载，也许可以找到一些线索。报馆新收藏了一批唐代志怪小说，小说中夹杂着一本画册——改编自唐宋传奇小说的《三十三剑客图》，是咸丰年间的任渭长所绘的木版画。在画册中我看到了关于绳技的描绘。

画中的男子沿垂立于空中的绳子攀援而上，与在田宁和陈英房中看到的图画非常类似。图中的故事取自唐人皇甫氏古时国有喜庆，皇帝特赐臣民饮酒聚会。

太爷爷完整地记录了《聊斋志异》中关于"神仙索"的记载，我将其一并整理成《聊斋志异·偷桃篇》，并加以注释。

太爷爷将小宝跟踪程傻子的路线画成了路线图，将其收录在"附件"中。

所作《源化记》中的"嘉兴绳技"，讲的是唐代嘉兴举行大酺，县司和监司预备献出一个精彩的节目，狱中有一囚犯声称自己有一绝技，监司让他展示一下，他来到广场将绳子往空中高高抛起，然后向上攀爬，消失在众目睽睽之下。像这样的记载我又找到一些，其中清人蒲松龄所著的《聊斋志异》讲述的故事最为离奇。

当天晚上回到家里我就昏睡了过去，直到半夜小宝把我叫醒，说他有了新的发现。

这两天，他一路跟踪程傻子，发现每天六点天桥撂地卖艺结束时，程傻子都会去黄府和黄管家碰面，之后他会沿着西珠市口大街北边的胡同绕来绕去，最后再回到天桥。今天他在胡同待的时间尤其久，手里拿着一大包东西。他跟到程傻子家里，本想溜进去看看，结果正遇到程傻子家里养的大狗熊。多亏小宝身手敏捷。可等他摆脱狗熊之后，却发现程傻子不见了。

◎ 小宝按照金木的吩咐，每天傍晚跟踪程傻子。他提供的路线图可能是揭示程傻子背后秘密的关键，想办法搞清楚路线图的秘密。程傻子的行动轨迹，很可能是下一步调查的关键。

4月14日　　百顺胡同

　　事情似乎越来越复杂，小宝的跟踪路线图显示，程傻子每天和黄管家碰面之后，都会在百顺胡同、石头胡同、王广福斜街这几条胡同绕来绕去。

　　我心生疑虑，程傻子总往八大胡同奔，不是去嫖妓，八成就是去逛白面房子，过去烟瘾上来的时候，我也去过几回。

　　八大胡同藏污纳垢，白面儿房子在这种地方更是多如牛毛，韩家潭、百顺胡同，哪一条胡同都有几家。名为烟馆，其实只是两三间屋子。有的烟馆主人自己吸食鸦片，不能另谋生计，就索性在家里开灯供客，卖上了大烟。设备虽然简陋，但是价格便宜。

　　我翻出来地图看了看，百顺胡同距离天桥和赵家班租住的板章胡同最近，又是白面儿房子最集中的地方，如果田宁和程傻子都有吸食鸦片的爱好，估计对百顺胡同挺熟，我决定去走一遭。

我专盯北门亮着灯的大院，看见窗户糊着白纸的房子就去敲了敲窗格，里面问："干什么的？"

我说："买点药。"

窗户打开，我扔进去三块袁大头，窗里面扔出来一个小药包，接着就要把窗户关上，我伸手拦住，又扔进去一块，说："兄弟，和你打听个人。赵家班的田宁知道吗？"窗户里头的人伸出脖子来，警惕地看了看我。我勉强赔着笑说："是我朋友，有日子没见着了，想问问。"

"过去来过几回，后来听说和他师父闹翻了，就没再来过。"

我接着问："那天桥卖艺的程傻子呢？"

里面的人脸色明显变了："没听说过，滚滚滚。"说着啪的一声把窗子关上了。

我往外走的时候看见墙根边儿上蹲着一个白面儿鬼，瘦骨嶙峋的，直勾勾盯着我看。我走过去拿着药包在他面前晃了晃，他伸手就要抢，我一下子把他按住，他看着我说："我告诉你程傻子的事，你把白面儿给我。"我犹豫片刻，把药包扔给他。他说："程傻子在天桥卖大力丸，说那玩意儿能戒大烟。他才用不着来外头买呢。"

我问他："那这大力丸好使吗？"

"好使个屁。和大烟一样上瘾。但是他总来这里，我估计这些白面房子拿他的货当白面儿卖呢。"

当天晚些时候，我去昌顺烟杂店买烟，店老板是我的老熟人，我看店里生意冷清，就和他闲聊了几句。

店老板说："现在散烟摊到处都是，生意不好做啊。"

我把烟点上，说："说起来还有件怪事儿，前几天去东安市场，路边不少烟摊只卖洋烟，说是国产烟名声不太好，大家都买洋烟去了。"

"哪有的事？是英美烟草公司的代理，专托人在各地市场卖自己家香烟，说是'每家每月贴洋三十元，不准卖别的牌子的烟'。我远房侄子就在帮他们卖烟呢。除了卖他们自己的香烟，他们还雇人收购了不少国产香烟，尤其是'飞马''喜鹊'这些卖得不错的香烟。"

"这又是为什么？"

"那我就不敢瞎猜了。"

◎ 在百顺胡同，金木听说了一些关于田宁的消息。而烟馆的人对程傻子的名字讳莫如深，也令人生疑。要想办法搞清楚程傻子的秘密到底是什么，这与田宁的死是否有关联。

4月14日傍晚　　家中

汪亮中午来找我吃饭，对我说："上次在田宁道具箱子里发现的药丸化验结果出来了，主要成分就是鸦片。这帮耍戏法的，可真行。"

其实我已经猜到了七八分，程傻子背地里帮黄府倒腾鸦片。像他这样走街串巷卖艺的，人脉广又不起眼，不容易被发现，是最"合适"的下线。他从黄管家那里拿了货，就在各个烟馆销货，偶尔也在天桥周围卖卖散货。没准他就是因为这个被抓住把柄，才甘心替黄府做事。

我心想无论如何得先逮住程傻子才行。关于程傻子害死田宁的事情我没有什么证据，也不好向警察署开口。不过我想着，也许能以私贩鸦片的名义先把程傻子抓起来。我让小宝在程傻子家附近守着，看到程傻子出现就先把人逮住再报官。

果然，当天晚上就出了事。

晚上我预备去前门大街吃面，走到天桥的时候，想去程傻子家附近转悠一下，顺道和小宝打个招呼。可是还没走到近前，就远远看到程傻子家房门大开，还传来争吵的声音，我握紧怀里的手枪，快跑过去。

程傻子靠着床边瘫坐在地上，房间里有轻微的打斗痕迹，小宝在里屋被一个穿着黑衣服的人压在身下，两个人缠斗在一起，我掏出手枪来，冲着房梁开了一枪。黑衣人听到枪声转身就跑，小宝要追，我把他拦了下来。

"妈的，力气真大。"小宝在我身边气喘吁吁。

我把程傻子扶起来："说说吧。怎么回事？"

程傻子低着头一句话不说。我和小宝把他带到外二区警察署，让他在牢里面待一晚上，清醒一下。

68

4月15日晨　　家中

我把汪亮约到家里，想问他程傻子的事情。汪亮说："这老油条，能说的差不多都说了。"

一开始，程傻子还想抵赖，对卖鸦片的事含糊其词。警察按照小宝的说法把他几月几日和黄管家会面，又去哪几个烟馆、哪几条胡同的事一说，他就彻底败下阵来，嚷嚷着全是黄管家指使的。

和我猜的差不多，黄管家明面上帮衬黄家做烟草生意，背地里偷偷倒腾鸦片，程傻子跟着他做久了，心思也活络了，偷偷留下来一点，做成大力丸在天桥售卖。没想到被黄管家给发现了。后来小宝跟踪他两天，他以为是黄管家来找他算账了，心里害怕，就躲了起来。没想到黄府真找上了门，还好被小宝及时发现。

听到这儿，戴戴抢先发问："那杀死田宁的事呢？程傻子招了没？"

汪亮继续说:"你别打岔啊。这程傻子装傻充愣有一套,只说自己是被黄管家骗了,压根不知道那玩意儿是鸦片,等反应过来时已被黄管家抓了把柄,没机会收手了。至于为何出现在望风楼,他说纯粹是因为最近赚了点钱,那天在天桥演出完,闲着无事,想去茶馆瞧瞧新花样。"

翻来覆去就这几句话,实在问不出个结果。

戴戴老早就觉得程傻子有问题,汪亮走后她特地来问我:"你不会也相信程傻子那套说辞吧?"

我想了想,反问她:"如果田宁真是程傻子打死的。那你想想,田宁应该出现在哪儿?"

戴戴"啊"了一声,脱口而出:"要么在纸箱里,要么在舞台下。哪怕田宁勉强支撑着进入鸟笼,那舞台下也一定会有血迹啊。"

"是啊,在茶馆众人的眼皮子底下,短时间内如何能清理血迹、搬运尸体,并把尸体锁进鸟笼呢?"

当天晚上,我试探性地问戴戴:"你猜,田宁有没有可能还活着?"

4月15日　　家中

就在我们全部精力都集中在程傻子身上的时候，发生了另外一件匪夷所思的事情。

百顺胡同的白面房子老板偷偷来找我，说昨天半夜，店里头跑腿的在门口不远的地方看到田宁了。就躺在白面房子门口，还穿着演出当天那身衣服。

我赶忙问他："人还活着吗？"

"他胆子小，大半夜的，看见地上趴着个人就吓得半死。好不容易壮着胆走过去想拨弄一下，结果发现那人身体僵直不动，用手一摸连呼吸都没了，准保是死了。他吓得魂飞魄散，只顾一溜烟地跑回家，根本没细看。等叫来人赶过去的时候，尸体就不见了，但是能肯定的是，地上没有血迹。"

"田宁在舞台上消失不见一个多星期，居然死在了百顺胡同?"我百思不得其解。

"说的是啊。我们都怀疑他眼花了。可他一口咬定自己没看错,我问过周围的烟馆了,都说当天田宁没来过,我害怕惹麻烦,暂时没敢往警察署报,赶紧过来先和你说一声。"

◎ 就在所有人都为找不到田宁尸体犯难的时候,却听到有人说在百顺胡同烟馆门口看到了田宁的尸体,这不得不令人生疑。田宁出现继而又消失,让案子变得更加扑朔迷离。想办法搞清楚当天夜里发生了什么,田宁是否真的出现在了烟馆门口。

4月15日晚　,赵家班

我觉得田宁的消失不是意外，他对即将到来的危险一定早有预料。田宁在赵家班和戏班的小男孩关系最好。我决定从小男孩身上打开突破口。

在天桥的时候，戏班男孩看到小宝会点功夫，就嚷嚷着想学。我让小宝逗他玩，逮着机会问他："赵桥教你的戏法你不喜欢吗？"男孩皱着眉头诉苦，他从小喜欢戏法，爸妈让他出来跟着赵桥学艺，可是赵桥非但没有教他变戏法的手艺，反而让他在班子里打杂，干一些收拾屋子、搬运道具这样的活计。赵家班数田宁对他最好，他偷学的戏法也都是田宁教给他的。

可是一提到田宁的消失，他就支支吾吾起来，我猜田宁一定有事情告诉了他，就继续问他："田宁早就准备离开赵家班了对吗？"

民国九年（1920年）前后，工厂工人的月工资普遍在9元左右，即合日工资0.3元左右。交通运输邮政工人的工资略高于工厂工人，日工资普遍在0.4元以上。手工业工人的工资水平与工厂工人大致相当。像赵桥这样的艺人，100元大致相当于一年的收入。

京奉铁路始建于1877年，不过由于清朝廷担心"机车行驶震坏东陵，喷烟伤害禾稼"，李鸿章等人许诺以骡马拖载车厢在轨道上行驶，才得以批准，1911年京奉铁路全线贯通，只不过此时的终点站奉天城站地处皇姑屯，位于奉天城外，离奉天城根还有29公里。

男孩说他不清楚这件事，只是演出之前，田宁交给他一个信封，说演出结束之后就会来取，并嘱咐他不要告诉戏班的其他人。可田宁表演结束之后就消失了，一直没有出现，他心里有了不祥的预感，一直没敢告诉别人。

我心里好奇，又问他为什么不去找他们的班主。男孩和我讲起了半个月前他在赵家班大院看到的事情。

那天，班子出去撂地演出的时候，他在院子里偷偷练习戏法，就看到黄管家和赵桥一起走了进来，按理说黄府的人不应该和赵家班有什么交道，他觉得有些奇怪。当天晚上他给赵桥收拾屋子的时候，发现桌子抽屉里有一张一百元的银行兑换券，看起来还是新的。赵家班天桥撂地，什么时候赚过这么大一笔钱？本来他也没太放在心上，可是不久之后田宁就在舞台上消失了，他越想越蹊跷。

我问他："打那之后赵桥对田宁的态度有什么变化吗？"

男孩想了想说："那倒没有，不过赵桥不止一次让其他师兄弟劝劝田宁不要和黄家小姐往来。"

田宁消失了十天，男孩希望我能把事情调查清楚。送走他之后，我坐回书桌边，打开信封，里面掉出两张京奉铁路的<u>车票</u>。

  我在笔记本上把赵桥、陈英和黄四爷重新圈了起来，我开始感到，田宁的消失可能没有这么简单。

（手写批注：京奉铁路复刻车票和银票单独收藏于"附件"。）

  ◎ 和戏班男孩聊过之后，金木相信，关于这次演出，田宁也有自己的计划。可是计划到底出了什么岔子呢？如果能分析出田宁原本的计划，也许会对查明他消失的真相有所帮助。

4月16日晨　　黄府

戴戴这两天早出晚归,我总觉得她有事情瞒着我。

今天一大早她就风风火火地在门外敲门,让人心慌意乱。我前一天跟着汪亮处理田宁尸体的事情,一直忙到晚上,回来之后报社编辑又来催我的稿子,他说田宁死了的消息都快传遍北京城了,我跟这个案子这么久,得第一时间写一篇报道出来,没准还能上第二天的头版。

我几乎能想象这些小报会怎么在这件事情上大做文章,"戏法新秀舞台演出生变,金蝉脱壳离奇殒命烟馆",绝对会是街头巷尾最受欢迎的故事。但是写文章的事我没同意,还是得先把田宁的事情搞清楚。

我听戴戴都快把门敲烂了,赶紧爬起来给她开门。戴戴一进门就先问我:"田宁死了的事,是真的吗?"

我没说话,没有看到田宁的尸体,一切推测都不能当真。

戴戴叹了口气："你不是说田宁有可能还活着吗？"

过了一会儿，戴戴继续说，"这几天我听说了不少田宁的消息，田宁和黄芸谈恋爱的事很多人都知道。据说两个人约会被黄四爷撞见了。黄芸现在还被锁在家里，不能出门。"说到一半，戴戴故意停顿了一下，冲我眨巴眼睛。

我知道她有大事要说，赶忙催她："你就别绕弯子了。打听到什么了？"

"我听说黄芸约好了田宁，两个人想要私奔，结果被黄管家逮了个正着。"

"戴戴啊，这下我对你可真是刮目相看了。"

吃过饭之后我叫上戴戴和我一起再探黄府。关于田宁的事，我相信黄芸没有全部告诉我。黄府大门敞开着，院子里门房和下人在搬运行李。黄管家看见我，冷着脸说："老爷不在家。这几天家里出了点变故，不方便接待客人，您还是改日再来。"

听他这话，我决定诈他一下："田宁和贵府小姐的事情我大概了解了一些，如今田宁曝尸街头，我想黄府一定也不想牵扯进来，闹得满城风雨。我有几个问题想问黄芸小姐，问完就走。"

黄管家沉吟了一会儿："小姐在二楼房间被关禁闭。金先生抓紧时间吧。"

我敲了三声房门，没有动静。

戴戴说："让我来。"她轻轻推门，房门上了锁。

屋子里传来沙哑的声音："你们要么放我出去，要么永远别想让我走出房门。"

"我是戴戴，我们有田宁的消息想来告诉你。"屋里有了动静，黄芸跑到门口，拉开了门。

我看她双眼通红，心里猜了个大概，不忍心把田宁的事情和盘托出，便冲戴戴使了个眼色，让她不要说得太直接。

"你们有田宁的消息了？"黄芸急切地问。

戴戴没直接回答她："只是传闻而已。现在下结论还太早。"

黄芸圆睁着眼看了我们一会儿，像是知道了什么，落下泪来。戴戴扶她坐下。黄芸擦擦眼泪，说："肯定是出事了，我一早就料到了。"我们坐了下来，听她细说从头。

黄芸和田宁第一次认识就是在"万国魔术大会"上。黄芸喜欢魔术，为了给她一个惊喜，黄四爷在她生日前夕让黄管家组织了一场"魔术大会"，说是"万国"，其实请来的绝大部分都是北京城当地的魔术师和戏法艺人。那次大会的表演稀松平常，传统戏法黄芸都不稀罕，只有田宁的表演让她眼前一亮,从那时起,她对这个戏法新秀逐渐萌生爱意。

我问她:"你知不知道田宁染上了鸦片瘾?"黄芸没回答我,继续说道:"我知道我爸想利用这件事逼我们分手,田宁答应过我会戒掉鸦片,一有机会,我们就离开这里。"

我和戴戴相互看了一眼:"田宁说要带你离开北京吗?"

黄芸咬了咬嘴唇,看着我说:"我喜欢田宁,他有才华,他说传统戏法需要革新才能重新被认可,老花样大家不再喜欢了。他一直想去国外看看真正的西洋魔术。可是他放不下师父,也不想让我离开家。但我不在乎,我愿意和他一起走,去英国伦敦,我有朋友在伦敦读书,伦敦的魔术师都是在大剧场里演出,可是田宁总说再等等。我总觉得不对劲,我爸一直在和管家密谋着什么。我有不好的预感,他们要害死田宁。"

我试探性地问:"你爸爸和田宁之间的事你还知道多少?"

她摇摇头:"我把这件事情告诉了田宁。他劝我别担心,后来……后来有一次田宁跟我说他有办法能让我爸爸不再拦着我们。我问他怎么回事,但他始终没有告诉我。"

看来田宁没有把黄家私贩烟草的事情告诉黄芸,我也就没有戳破:"说说这次的演出吧。你们约定演出结束之后一起去奉天对吧?"

黄芸停顿下来，走到房门边向外看了看，重又掩上门，低声说："和田宁约会被撞见之后，我就被关在房间里，只能偷偷托下人帮我们寄信。后来田宁告诉我，等他演完这次节目，就能大振赵家班的名声，之后他就和我一起走。"

我点了点头，田宁想利用"大变活人"的方法来个"金蝉脱壳"，他既想远离黄四爷的生意，又不愿意和黄芸分手，更不想辜负自己的师父，万难之下，利用魔术表演人间蒸发可能是他最好的选择了。

"但是约定的那天田宁却没有出现，对吗？"我问。

"那天我等了好久都没等到他，我就猜到他肯定是出事了。"

临走之前，帮黄芸传信的女伴告诉我，过去一有时间，田宁就会偷偷来黄府让黄芸教他英语。但是自从被管家抓到，他就再也没来过。她说："老爷就是太紧张小姐了，生怕有人把女儿拐跑。"

4月17日晨　　下斜街

从昨晚开始，北京下了场大雨。被雨声惊醒，我再也睡不着，就起床煮面。小宝一直住在我家，最近忙田宁的案子，东奔西跑的，也没好好吃过饭。

面刚煮好，还没来得及吃，警察署就有人来找我。巡警说："金先生，汪亮让我来和你说一下，田宁的尸体被发现了，就在下斜街。你赶紧去看一眼吧。"小宝比我还急，扔下碗筷一溜烟就跑出去了。

听了这话，我心头一紧，顺手抄了把伞，跟在巡警和小宝后面去看现场。

尸体出现在老墙根西边，背后就是长椿寺，靠着行刑营。民国之后，砍头逐渐被废除，处理犯人不在菜市口了，陆续搬到行刑营一带。田宁的尸体浅埋在地下，遇上大雨，泥土被冲散，打更的路过差点没被吓死。

田宁面色灰黄，额头中枪，经过雨水浸泡，身体有些肿胀。汪亮正在指挥巡警预备把田宁的尸体抬回警署，小宝拼命往人群里挤，要去检查尸体，我走过去问汪亮："死亡时间能确定吗？"

　　汪亮摇摇头："现在还不行，雨水这么一泡，对尸体破坏挺大。我得回去解剖化验才知道。"

　　小宝走过来，冲汪亮一撇嘴："你们搞西医的，就会动刀放血。人都死了哪还有血？"然后转身对我说，"奇了怪了，尸体脸色土黄，我打赌是中了毒，但是银针验不出。"

　　汪亮嘟囔着："你懂个屁。"我拉住小宝说："就用这西洋的法子试试看吧。"

　　田宁的消失给赵家班带来了巨大的打击。而随着田宁死在行刑营背后胡同的消息传开，赵家班在天桥的地位更加一落千丈。田宁好像一下子变成了虚张声势的骗子，大家全然不记得一个月前他还被称为不世出的戏法奇才。而作为他的师父，赵桥的表演也被骂作招摇撞骗。北京警察厅把这场死亡记录为一次表演事故，不予立案。

——摘自小说《大魔术师》第七章

4月17日　　家中

发现田宁尸体之后的第二天，北京城又出了件大事。

陈英放出消息，他会在三天后，于望风楼茶馆表演田宁当天的同场演出，"大变活人"。田宁的事才刚刚平息下来，这下又起了波澜，不少好事的人都被这个消息鼓捣得心里痒痒。"戏法新秀表演失误，横尸街头"的新闻热潮没过，就有另一位魔术才俊再次挑战。还有比这更刺激的吗？

这个消息可气坏了戴戴，我早就看出来她对田宁有不少惋惜。田宁的事情还没调查清楚，陈英就跑出来"鞭尸"，实在有些不地道。但让我疑惑的却是另一件事："这么短的时间，陈英就把田宁'大变活人'的戏法学了过来，他到底是在田宁死后才破解了戏法的奥秘，还是早就知道呢？"

"这有啥不一样吗？"戴戴问我。

"当然不一样,陈英说田宁演出当日,他就在现场。陈英和田宁互相拆台,如果陈英早就知道了田宁戏法的秘密,那他当天是不是就有机会破坏田宁的演出呢?"

"可是陈英有什么必要杀死田宁呢?"

我摇摇头,搞清楚田宁戏法的奥秘是一回事,害他在计划好的魔术表演中离奇殒命又是另外一回事了。

晚些时候,小宝和我说他之前认识的一个朋友和黄府的杂役是牌友,我让他帮忙打探几句。黄芸说黄四爷要杀死田宁的事情我没全信,如果说黄管家想通过换枪让程傻子杀死田宁,那田宁既然在暗箱里躲过一劫,又怎么会出现在下斜街呢?要是黄管家害死了田宁,没准府里能传出来点风声。

晚上睡觉前,小宝来找我,一推门就嚷嚷起来:"老金,这事可真邪门。三天时间,黄府六七个杂役下人告假还乡了。我死乞白赖缠了半天,才打听出来,你猜怎么着,黄府底下人都传言,是黄管家杀了田宁,田宁死得不清不白,尸体不翼而飞,肯定是转世寻仇来了,说得有鼻子有眼的,吓走了不少人。"

我听小宝讲得邪乎:"还有这事儿?"

"可不是,府里下人都传开了,黄家小姐要和田宁私奔,被老爷撞见了,吩咐管家除掉田宁,没想到田宁死而复生，上门寻仇了。"

我心里有点打鼓："哪有借尸还魂这事儿？也许是下人看错了？"

"我也不信，反复问了好几回。杂役翻来覆去叫着见鬼了，我看他吓得够呛，不像是假话。我想找杂役来问个清楚，可是没人知道他们的去向。唯一能确定的是不止烟馆伙计一个人在田宁失踪之后见到过他。"

我思来想去没想出答案，就早早上了床，预备明天一大早去找汪亮，拿田宁的尸体检验报告，这几天发生的事情太多，差点把这茬给忘了。

4月10日，北京刮了一整天的风，傍晚时分，位于前门的京奉铁路正阳门东车站挤满了旅客。北京开往奉天的火车将在七点一刻开出，黄芸挤在人群里四处张望着。可直到汽笛声响起，火车隆隆驶出车站，她都没看到田宁。黄芸心急如焚地站在候车厅，看到黄管家慢慢向她走过来，说："小姐，别等了，回家吧。"

这是田宁消失的第三天，北京城和往日没有什么区别。

黄四爷正在焦头烂额地核对账簿，他气冲冲地吩咐黄芸，半个月内不准出家门。

陈英此刻正窝在百花大戏院的后台，研究自己演出的道具。他想找到自己收存下来的"神仙索"图纸，却始终找不见踪影。

赵家宅子灯火通明。赵桥和班子正在准备田宁的后事。

而此时，同样忙碌的还有一个人，他正在自己的房间里梳理着线索，希望可以调查清楚田宁死亡的真相。

——摘自小说《大魔术师》第十章

若服多毒重則身冷氣絕似乎已死若肢體柔軟則臟腑經絡之氣尚在流通實未死也乃鴉片烈性醉迷之故耳三四日後鴉片之氣退盡即活但身不僵硬不變色七日以前無遽棺殮檢服鴉片屍骨伏則居多側者亦常常有之平臥者甚少蓋因其人埋在土中鴉片毒性退盡仍服醒活輾轉棺中不能復出久則真死矣故其骨殖不伏即側實為服鴉片可救之確證也
道光七、八年間粵東雀有吳姓者寄居客店窮

极无聊。吞鸦片而死。店主人不敢收殓。知此人有亲属在三水地方。遣人往告迫其亲属至。而此人已於前壹日活矣。计死三日三夜。

阮其新《补注洗冤集录证》

4月18日晨　　外二区警察署

我等不及汪亮来找我，天一亮就跑到外二区警察署想打探个究竟。小宝想把田宁的死因弄个明白，非要跟着一起来。

汪亮一把拉住我："查明白了。胃里头大量固体鸦片残留，大概是八九天前吞的。但是尸体很奇怪，残留的血不像死了很久。"我把从小宝那儿听来的借尸还魂的事，对汪亮讲了一遍，大家面面相觑，没个头绪。

过了一会儿，还是小宝开了口："《洗冤录集证》里记载，吞服鸦片一般不会直接致死，大多数时候是深度昏迷，我听说很多因为吞鸦片昏迷的人被下葬，醒来后就活活给闷死了。"

可是这田宁明明已经在暗格中躲过一劫，怎么又会吞下这么多鸦片，然后被人用枪打死呢？我百思不得其解。

小宝说："会不会是田宁觉得自己愧对赵桥，想吞鸦片自尽，结果却被找上门来的黄管家开枪打死？"

宋慈的《洗冤集录》是世界上第一部系统的司法检验书，宋淳祐年间成书之后，研究、增补、考证、仿效之作层出不穷。嘉庆年间王又槐搜集验案，附在馆本《洗冤集录》之后，名为《洗冤录集证》。后来，李观澜、瞿大夫、阮其新多次对其进行增删修订，并汇集各种同类著作，称为《补注洗冤录集证》。经查证，小宝所言出自阮其新所作《补注洗冤录集证》，相关文字记载摘录在附件中。

[旁注：汪亮所提供的田宁尸体检验报告副本被单独收存，可在附件中找到相应文件。]

我摇摇头。<u>从汪亮手里拿过他为田宁做的尸检报告。</u>

◎ 尸检报告揭示了田宁死亡的关键信息，通过分析报告内容以及之前收获的线索，试着还原田宁魔术表演之后发生的事以及田宁死亡的原因。

4月18日下午　　前门大街

吃过午饭，我琢磨着田宁的案子，和小宝在前门大街附近散心。走着走着，不知不觉就逛进了天桥。远远看到前边熙熙攘攘的，围着一群人，人群一边挤，一边嚷着："田宁附身了！"我好奇，就凑过去看，人群中间一个二十出头的人在表演戏法，穿着和田宁演出当天一样的长衫。

桌子正中间摆着一个水盆，盆中有一个竹刻人形玩偶，栩栩如生。长衫男子在一旁轻轻挥动扇子，然后玩偶就像活了一样，舞动身体，形如沐浴。小宝在一边说："这个戏法叫'洋人扇戏'。会的人也不太多。"

我听赵桥讲过，"洋人扇戏"是田宁的绝活。可如今田宁刚死，他的绝活就出现在天桥。我准备向长衫男子问个明白。

表演结束，人们扔下零钱之后陆续散开，我走过去问："这戏法有意思，我有个朋友也会一样的戏法，请问您是从哪儿学来的？"

长衫男子不耐烦地推了推我："有钱就捧个场，没钱就靠边站。"小宝急了，嚷道："天桥都知道，这'洋人扇戏'是田宁的绝活，如今田宁死了，你就跑到这儿来表演，我看你一定跟他的死有关，现在不说，跟我去警察署里说。"

男子听了这话，气势软下来，说自己前几天去百花大戏院看演出，节目看完想找陈英学点新花样，但陈英不愿意教他西洋魔术，问他对"洋人扇戏"是否感兴趣。他一听高兴坏了，用三块袁大头把图纸买下来，自己在家里照着图纸研究出来了。

"那衣服是怎么回事？"

长衫男子挠了挠头："还不是为了吸引观众，我想着都把田宁的绝活学到手了，干脆再换上他的衣服。这样更容易唬人了。"

走的时候，小宝问我："你说这田宁咋和这么多人牵扯不清？"

在调查田宁这个案子的时候，赵桥和田宁的关系一度被当作理解田宁之死的关键，尤其是在赵桥和田宁的矛盾逐步显现之后。田宁对鸦片的嗜好，与黄芸的关系，都让这对师徒之间看似牢不可破的感情显得微妙。但是陈英出现之后，赵家班师徒的关系就变得密切起来。陈英对于传统戏法的屡次挑衅，似乎已经超出了生意这件事本身，要让传统戏法的生意好起来，田宁在望风楼的表演是不能失败的。

——摘自小说《大魔术师》第十章

4月19日　　外二署警察局

案子开始有了些眉目的时候，汪亮偷偷来找我，说不用调查了，警署决定结案了。

我和小宝都愣住了，汪亮继续说："是程傻子，他都给交代了。"

在警察署，程傻子坦白说，一开始就是黄管家找上的他，说黄府小姐和卖艺的田宁走得近，惹恼了黄四爷，要让田宁染上鸦片，然后利用大烟瘾害他身败名裂，让黄小姐回心转意。

"我就找了个机会让田宁吃大力丸上了瘾。本来以为这下子能消停了，没想到田宁在烟馆出手大方，交了不少朋友，我和黄管家那点事儿就传到他耳朵里了。你说这事儿他能反抗吗？结果他吃了豹子胆，要拿这事儿威胁黄府，这不是不要命吗？娄子是我捅出来的，我哪敢不听黄府的话呀。"

汪亮问他："这么说田宁真是你杀的？"

程傻子点点头，又赶紧摆了摆手："黄管家和我说，不用我杀人，让田宁自己杀自己。田宁在望风楼有场演出，他听田宁说起过这里头的道道，不就是换枪吗？到时候会找观众用手枪打他。一切都安排好了，只要接过茶馆伙计的枪，冲着田宁开一枪就妥了。我知道枪肯定有问题。可没想到枪开了，人却没了。黄管家到处找我，非说是我和田宁串通好了，我哪知道田宁咋就不见了？"

汪亮把程傻子的供述讲给我们听，大家都沉默不语。

我看汪亮不说话了，跟着问："就这些？"

"邱署长说了，程傻子的杀人动机、凶器都有了，死法也对得上。他又是百顺胡同的常客。至于其他的事情，没那么重要，案子拖了这么久，是时候结案了。"

"那尸检结果呢，程傻子是开枪打死人的，又是怎么让尸体消失的呢？"

汪亮把手一摊。

◎ 经过一番波折，程傻子招认了他企图杀害田宁的动机和方法，可案件依旧疑点重重，试着通过还原完整的事件流程，确认程傻子是不是杀害田宁的真凶，程傻子开枪之后，田宁又消失在了哪里？

4 月 19 日晚　　望风楼茶馆

望风楼茶馆终于再次挤满了人。大家都想看看那个轰动一时的"大变活人"在陈英手里头到底灵不灵，我对田宁的死依然有不少疑虑，也想来一看究竟。

在一片喝彩声里，陈英上场了，他还是穿着一身西装，戴着礼帽，显得温文尔雅。他站在台上，先是冲着台下鞠了一躬，然后吹了声口哨，只见助手推着纸箱子和其他道具一起来到了舞台中间。

我聚精会神地看着纸箱子，只见其外表被涂黑，倒扣在舞台上，助手用纸箱子将陈英罩住，走向观众席。我留意到舞台另一侧有一个盖着白布的柜子，尺寸和田宁表演用到的鸟笼相近，我在心里默默计算着时间。

"魔术表演最重要的是观众的配合，像'大变活人'这么危险的魔术，在欧美诸国也不算常见。很多名震一时的魔术师都死在了这样的表演上。"说到这里，助手有意顿了一下,起哄的声音开始此起彼伏。

"那有人愿意帮我完成这个魔术吗？"

三分半钟,应该足够进入地下暗格了。想到这里我抢先站起身来："我来。"

戴戴紧张地拽了下我的衣角,我轻声说："别担心。"

我握起助手递过来的手枪,勃朗宁1906,是真家伙。尽管之前查案的时候,关键时刻也开过不少次枪,可这次格外紧张。我盯着纸箱子,脑海里开始浮想起田宁的样子。我把开枪的时间拖延了一阵,尽管心里有了底,但是开枪的时候还是有意把枪口偏向一侧。扣动扳机的时候眼前突然一黑。在观众的惊呼声中,我把枪还给助手,跌坐到座位上。

助手回身搬走了纸箱子,里面空空如也,他又看了看观众席,嚷了一句："魔术师不见了,不过我们不用管他,下一个魔术由我来给大家表演。"

他走到一旁的柜子边,打开柜子正面的小门给观众看,里面空空如也,然后拿起一只手帕,从柜子门的小洞中伸进去。不一会儿,陈英从白布下面推开布帘,站起身来,而柜子纹丝不动。在一片喝彩声中,我呆呆地坐在座位上,努力还原着刚刚发生的一切。

直到演出结束,人群散去之后,我才听到戴戴招呼我:

"你发什么呆呢？被吓傻啦？"

我定了下神，看着人群渐渐走出茶馆，演出道具被抬下舞台，直到耳边锣声再次响起，预备演出晚间剧目《查头关》。我和戴戴说，我想通了一些事情。

日记到这里戛然而止，太爷爷并没有详细记录自己是如何破解这个案子的。不过对于案件中牵连到的赵桥、陈英和黄四爷，太爷爷花费了很多时间来了解和记录他们在整件事情当中所扮演的角色。就在我试图完整地理解整个故事的时候，我在笔记本后页的夹层当中，看到了四份笔记。它们记录着太爷爷所了解到的这四个人与田宁的恩怨往事。我已经按照自己的猜测阅读了相关人物的记录。为了完整记录整个故事的来龙去脉，我将四份笔记的内容统统保留了下来，整理在了后页，读者可以按照各自对于整个事件的猜测来为故事补写一个合适的结局，任意选择阅读其中的一个答案。

最后，我找来了太爷爷写给《白日新闻》的那篇报道，以赵家班的故事为例，表达了他对于传统戏法的一点想法。

"田宁以古彩戏法傍身，同时思进，引西洋幻术为表，两法相辅相成，成就戏法之新象。"至于田宁之死的来龙去脉，太爷爷在报道中只字未提，我想他一定有自己的理由。

《查头关》亦单称《头关》，系《赶三关》之一，昆剧名为《寄关》，后本还有《逃关·二关》等剧。本剧大半从昆剧中脱胎而出。

程傻子结局篇 翻阅P101，陈英结局篇 翻阅P105，赵桥结局篇 翻阅P111，黄府结局篇 翻阅P117。

程傻子　结局篇

被警察署放出来之后不久,程傻子就专程跑来谢我,说要不是因为我找到了真凶,他准保被那帮警察当了替罪羊,这事现在想想还心有余悸,年头不太平,多少案子就这样稀里糊涂地给结了。"在天桥闯荡这些年,按理说什么大风大浪没见过。现在才知道,没摊到自己身上的那都不叫事儿。"

我常和天桥这帮人打交道,要说贪心难保都有点,可要说铆着劲杀人,他们还没坏到这个份上。我问他:"以后还卖大力丸吗?"

他赶忙摆手:"不卖了不卖了。为这差点儿把命搭进去。不过这大力丸也不是啥坏东西,卖艺的时候跌打损伤那是常有的事,还不是靠这玩意儿吊着口气,后来找上门管我要的人越来越多。我才想着,没准能当个买卖干。"

我冲他一撇嘴:"少来这套。跟着黄府私贩烟草的事你都敢干?"

听我这么一说,程傻子脸色青一块白一块的:"快别提了。耍杂耍是力气活，我这不得为自己找找后路吗？黄管家找上我，说我是老江湖，门道多，让我卖大力丸的时候捎带上点他的货就行，好处少不了，我当时就动了点歪念头，没想到回不了头了。"

过了一会儿，程傻子叹了口气，又继续说："还不是田宁那小子死轴。本来睁一只眼闭一只眼就过去了，鸦片的事袁世凯、黎元洪都不想管，他非得进来掺和一脚。过去我就最瞧不上田宁，他再厉害，能耍我这狗熊？"

我不想搭理他："这里头复杂着呢，你还是把自己那点事想想清楚吧。"

程傻子也不管我，往凳子上一蹲，给自己倒了杯茶，继续说下去："开枪那天可把我吓坏了。黄管家找我的时候说他在魔术大会上打听明白了，换把枪就能把田宁打死。我心里头当时就打鼓，人家那祖传戏法，这么轻松就能让你整明白了？田宁消失在舞台上的时候，我内心比谁都高兴，就希望这小子赶紧躲起来，看不上归看不上，这一身本事要是毁在舞台上，那就可惜了。可是到底他也没躲过这一劫。"

"你这么一说，我倒是有点儿好奇，黄管家后来就这么放过你了？"

他一拍桌子："放过个屁啊！那老头一直觉得是我和田宁串通好的，是我把田宁藏起来了，一直找我麻烦。我最服田宁的也是这个。人都死了,也没放过我们。"

这话听得我还挺感慨,在天桥上同行斗法、相互排挤的事不少,能让同行服气不是件容易的事。田宁活着的时候不守规矩,没少惹麻烦,人死了,倒是收获了不少尊敬。

陈英　结局篇

陈英临离开北京城的时候来找我道别，顺便对我误入魔术俱乐部晕倒的事情表示歉意。

我请他去东安市场喝酒，顺道问他，那天我晕过去到底是怎么回事。陈英不好意思地挠挠头："在欧洲学魔术的时候，我接触过一点催眠术，其中有个方子就是用哥罗芳（可用作麻醉剂）把人迷晕。"听到这话我差点把刚喝下的酒呛出来："用迷幻药给人催眠，你们这西洋魔术可真够邪乎的。"

陈英来了兴头，把杯子里的酒喝了个精光，放下筷子对我说："条条大路通罗马嘛，都得试试。你有机会还是多去欧洲看看，精彩着呢，传统戏法上不了台面。"

听到这话，我脸色一沉："话是这么说，临走之前，你可得把'神仙索'的事给我说个明白，田宁出事那天，你跑到茶馆就是想去偷'神仙索'的吧。你这么瞧不上传统戏法，为何对'神仙索'这么感兴趣？"

陈英想了一会儿，打开了话匣子。

12岁的时候,陈英第一次看到戏班演出,就爱上了戏法这门手艺。一件长袍,一双手,就能探囊取物,变幻无穷,像是有魔力。后来去英国留学,他开始接触到西方的魔术,慢慢发现,自己曾经痴迷的戏法不再神奇,用洋知识都能解释,无非是靠一些障眼法或者熟练的手法来完成,这让他很失望。而西方魔术通过科学和理论的方式来完成表演的设计成了陈英新的兴趣所在,他花费了大量时间来钻研西方魔术,成了一个魔术师,传统戏法在他眼里成了真正的"雕虫小技"。

没过多久,陈英就遇到了一件让他困扰了很久的事情。在一个英国作家的游记里,陈英看到了关于"神仙索"的记录。传闻在中国和印度有个延续了几百年的戏法,叫作"神仙索",将一根绳子扔上天,绳子就可以在空中固定住,人可以沿着绳子向上爬,直到消失在众人视线中。这个戏法难倒了陈英,他百思不得其解,这回西洋的科学知识也没能帮上他。

后来一次偶然的机会,陈英听说中国魔术师韩秉谦了解"神仙索"的奥秘,便多次写信询问,韩秉谦始终不曾回信。后来他甚至一路跟着韩秉谦到了新加坡,但韩秉谦仍没有见他，陈英决心回国想办法搞清楚"神仙索"的秘密。

"打那之后，'神仙索'就成了我的一个心结，江湖传闻都说韩秉谦了解'神仙索'的秘密，而田宁又得了他的真传，我就一心想查个究竟，我哪点儿不比一个江湖卖艺的强啊？我登报要和赵家班打擂台就是想让他把'神仙索'的绝活露出来。

"后来田宁来俱乐部找我，和我聊到西洋魔术，我就趁机问他'神仙索'的秘密，他跟我扯了一些纸人出血之类的戏法，你在俱乐部看到的那些都是我按照田宁的说法复原的，后来我算是想明白了，原来田宁这是在耍我呢。最后被我折腾怕了，他撂下一句，想知道'神仙索'的秘密就来看我演出吧。那天我早早赶过去了，后台没有人，我就想溜进去翻翻看，也许能发现点秘密呢。结果什么都没有。"

我问："田宁要真会'神仙索'，哪还至于被打死呢？"

陈英不说话了。隔了一会儿，吐出来一句："早知道他要表演的压根不是'神仙索'，我何必这么折腾？"

我看他垂头丧气的样子，问他："接下来有什么计划，会放弃研究'神仙索'吗？"

他斩钉截铁地说："不能放弃，不然心里这股子劲放不下。国内看来找不到结果了，接下来我准备去趟印度。"

最后陈英问我："这田宁到底是咋死的？总不能真的是在舞台上被枪打死的吧？"

我随口编了一句："田宁表演完魔术就消失了。没人知道魔术是怎么变的，后来他露面之后，被仇家寻仇，一枪打死了。"

陈英叹了口气："表演传统戏法的这些老江湖里头，要么是呆子，要么是骗子。如果不是'神仙索'这事儿，我没准还真能和田宁交个朋友呢。他要是早点去国外，就凭他的手艺，我看不比程连苏、韩秉谦差。"

赵桥　结局篇

四月末的时候,我和戴戴又去了趟天桥。天气越来越暖和,天桥也变得更热闹。我们沿着大路走了大半圈,都没看到赵家班的踪迹,问了人才知道,田宁在舞台上砸了场子,还被同行撬活鞭尸,天桥这地方他们是待不下去了。

"他们被赶到厨子营胡同里去了,估计给胡同里的厨子演出呢。"蛤蟆老头朝我们一撇嘴,我和戴戴面面相觑。

果然,在厨子营胡同,我看到了赵桥和他的杂耍班。他们蹲在角落里,看到路过的人就吆喝几嗓子,谁能想到风光一时的赵家班如今成了天桥上经常被大家提起来的笑话。

我走到赵桥身边点了根烟,互相看了看没有说话,站了一会儿,我问赵桥:"有没有想过会沦落到如今这个田地。"

他没正面回答我的问题,而是放下手里的戏法道具,反问我:"你说,这洋人的戏法就那么好吗?"

我看了看他,知道他有话要说,让戴戴支走了他的徒弟，摆弄着他桌子上的戏法道具说："田宁的道具箱你做了手脚吧？鸟笼改装过，本来锁的开关装在笼子里面，就是田宁为了方便魔术表演时藏身和进出，从外面看又不露破绽。可是在院子里发现的鸟笼，外面也被装了锁。我想一定是田宁疏忽，没有察觉到锁被动了手脚，魔术表演的时候他躲进鸟笼，想出来的时候却发现被锁在里头了。演出刚结束你就到了茶馆，是想确保田宁不会发现蹊跷，大声叫喊吧。"

赵桥没有插话，静静地等着我把话说完才开口："你看，这就是西洋戏法的问题。戏法是手艺活，怎么能把表演的要义掌握在机器和别人手里呢？"

这话让我愣了一下："其实就算他有不祥的预感，也很可能不会呼叫。那场演出对他太重要了，何况你又是他的师父。他宁可心存侥幸地先躲在里面，直到被你拉回赵家班大院里头。可是我实在想不明白，你既然和田宁情同父子，到底为什么出此狠手呢？"

赵桥沉默了一会儿，和我要了支烟，吧嗒吧嗒抽起来，说："你知道我为什么要办赵家班吗？我学了半辈子的古彩戏法。为了练'大碗飞水'，我人还没水缸高的时候就要在腰上绑着水缸练功。冬天的时候往地上浇水,不一会儿就结成冰了,我硬是练得满头大汗,从来没觉得苦啊。我一心想着戏法练成了,能进京给皇上演戏,这可是光宗耀祖的事。我怎么也没想到,自从韩秉谦他们把西洋魔术带回来,传统戏法就落了这么个下场。我不服啊,传统戏法是我的命根子啊。我可以输给韩秉谦,输给西洋戏法,但我的徒弟不行,我一生的本事可都托付在他身上了。"

赵桥说着说着,脸涨得通红,我也有点于心不忍,问他:"黄管家来找过你吧?是他让你杀死田宁的吗?"

赵桥摇摇头:"黄管家来找过我。其实我早就知道田宁和黄府的事,也劝过他几次,我们就是卖艺的,得罪不起人家。我当然怕黄管家,一班子的人需要照顾。但是我从来没想过要害死田宁。我只是想让他在舞台上出个丑,本以为只要让他在西洋魔术上吃个大亏,他就能回心转意。"

我还没来得及回他,戴戴就抢先说:"那你有没有想过,田宁之所以不能接受在舞台上出丑,就是不想辱了你们赵家班的名声?"

戴戴话音刚落,赵桥把遮在掌心的脸埋得更深了:"演出当天早上,我去他的屋子里找戏法道具,就看见了他那封信。信里说,演出结束他预备和黄府小姐去奉天投奔韩秉谦，那封信让我彻底绝望了。我把他关在鸟笼的暗格里面，不给他吃饭，想慢慢劝他回心转意，但是他执拗得要命。我气坏了，想着饿他个三天总能回头吧。可是等我打开暗格的时候……我要早知道他会吞鸦片自尽，干脆让他滚，我们一刀两断。"

说完这番话，赵桥像用光了力气，重新瘫坐在了凳子上。

我问："然后呢？是你把他拉去百顺胡同的？"

赵桥点点头说："田宁死了之后，我彻底慌神了，我知道他常去烟馆，就趁天黑把他拉过去，想让人以为他是自己吸多了大烟死的，等天一亮我就去把尸体找回来好好安葬了，可是，等我赶过去的时候他的尸体就不见了。这帮该死的盗尸贼。"

我还没来得及说话，戴戴抢先说："你怎么这么糊涂啊！田宁服了鸦片只是深度昏迷过去了，他还没死。是你把他扔在外面，他才让人打死的。"

赵桥涨红了脸，看着戴戴，又看了看我，我一时不知道如何开口，努力避开他的眼神。

我临走的时候赵桥拉住我说,他会自行了断这件事,希望我不要把这件事公开出来,为他保住最后一点体面,我答应了他,问他赵家班怎么办。

他叹了口气:"班子早晚要散,如今连这戏法都没人稀罕了,班子可能也命数当尽。"

当天吃晚饭的时候,戴戴和我说,她一定要把这个故事写成侦探小说,只不过小说的主角会是她自己。我笑着问她:"那你准备给小说起个什么名字?"戴戴想了想说:"小说就叫《大魔术师》吧。田宁没有死于自己的手艺不精,而是死在了这个大环境里。他想出国,但是赵家班不能允他,想和黄芸私奔,但是黄府不能允他,就算有一身的手艺,也没有办法选择自己要走的道路。与其说他是死在了自己的师父或者黄府手里,倒不如说是整个社会环境逼死了他。"

我没说话,但是心里想,戴戴说得挺对。

差不多一个月后,我路过天桥,想顺便去赵家班看一眼,发现院子里早就换了人,里头的人说,原来的戏法班子搬走了,听说班主上吊死了,班子里的人就都各谋生路去了。

黄府　结局篇

黄管家被带进外二区警察署的时候，我就在现场，戴戴在我旁边。她和我说："黄府找了个替罪羊就算了吗？"我没回她，点了根烟猛吸，心里头想："要想在这片杂巴地待下去，有些事还真不能那么较真儿。"临了的时候，黄四爷托人带了封信给我，我看完就烧了。

黄四爷在信里回顾了自己的前半生，有太多的不甘心。我也不知道为啥这些话他要和我说，可能是身边能理解他的人不多。

早年他跟随黎元洪一路从武汉闯荡到北京，黎元洪也一路从地方官员做到了临时大总统，但是他万万没有想到，本该飞黄腾达的时候，自己却被排挤在了黎元洪一手组建的参政院之外。恼怒之下他决心弃政从商，凭借自己的人脉做烟草生意，觉得大有可为。但是天不遂人愿，烟草生意被洋人牢牢把控着，尤其是英美烟草公司，垄断着国内一半以上的烟草生意。

黄氏烟草眼看着要破产的时候，黄管家想到了另一条路。北洋政府成立以来，各地军阀混战，让鸦片重新成了抢手货。于是，通过像程傻子这样的江湖艺人和闲散人员，黄府形成了一张烟馆到散户的鸦片贩售网，黄四爷思前想后，觉得这是最后的选择了，就默许了管家的建议。

可是闲散人员流动性太大，经常有人拿了货就消失个好几天，让管家头疼不已，当然这还不是最让他心烦意乱的事情。黄四爷对女儿黄芸疼爱有加，让她去北京最好的学校读书，还教她学习外语。黄芸喜欢魔术，黄四爷就在她生日的时候举办"万国魔术大会"让她开心。但是他无法理解女儿居然会爱上杂耍的穷小子，于是他让黄管家解决这件事。

黄四爷说，他本来以为拿钱给赵家班，或者用烟瘾威胁就能让田宁放弃，没想到事情会到了这一步。但是我心里清楚，杀人的事，没有黄四爷授意，管家恐怕也不敢。

黄管家在警署里头承认了自己买通程傻子，想在演出现场打死田宁的事，最开始他知道田宁和赵桥感情深厚，就找到赵桥,给了他一笔钱,希望能通过威逼利诱赵桥,让田宁放弃黄芸,可是非但没有成功,还从下人嘴里听说黄芸有了私奔的想法,再加上田宁知道了黄府私贩鸦片的事,还威胁要说出去,为此,黄管家下定决心彻底摆平这件事。

他想到,在"万国魔术大会"上田宁讲起过程连苏接子弹的奥秘,就心生一计,想要用同样的方法让田宁表演发生"意外",死在舞台上,他猜测田宁会如预料中那样,在魔术表演的手枪道具上做手脚,只要换把真枪就可以把田宁打死在舞台上。他买通了茶馆助手,又以私藏鸦片来要挟程傻子合作,希望能在神不知鬼不觉中让田宁死于舞台,但是当天演出结束,田宁的神秘消失让他乱了阵脚,他以为程傻子和田宁提前串通好了,就到处去找程傻子。

过了没几天,田宁的尸体神奇地出现在了百顺胡同。黄管家挺高兴,但又有点意外,就偷偷留了个心眼。就在那天后半夜的时候,府里头一阵惊慌,说是田宁死而复生,来黄府寻仇了。黄管家也吓坏了,跑过去一看还真是田宁,满身灰土,脸色苍白,惊慌之下他就开了枪。他把田宁埋了之后,又花钱堵住了那些知道消息的下人的嘴。

早就想用天衣无缝的方法除掉田宁的黄管家,没想到阴差阳错之下还是自己动了手。只差一点点就能成功瞒天过海了。

其实看到田宁的尸检报告之后，我就想到田宁出现在烟馆的时候很有可能只是昏迷过去了，等他醒来之后第一个念头一定是想办法偷偷去黄府找到黄芸解释清楚，联想到黄府里边传出来的田宁死而复生的传闻，我推测田宁死之前一定出现在了黄府。我把我的推测告诉邱太德，他没啥反应。

汪亮偷偷和我说，邱太德说这个推论证据不足，想把黄管家定个杀人未遂，关一阵儿就放人。

但是我觉得这事儿不能就这么算了，我去黄府找到黄四爷，告诉他要是这事没个交代，我就登报告诉所有人黄家借着经营烟草的名义偷偷贩卖鸦片。

黄管家定罪之后，黄府也被罚了一大笔钱。当然，名义上还是修缮北京街道的捐款。

那天我还问黄四爷，是不是早就知道烟草的案子是洋人搞的鬼，让我调查烟草的事，其实无非就是想借我的笔把这事说出来？黄四爷默不作声。

后来，我就开始动笔给《申报》写报道，写黄氏烟草这样的国烟怎么在烟草市场上被挤压。小宝看见还问我："黄四爷本来也不是什么好人，干吗要帮他们？"

我和他说："一码归一码，你想，要是所有的东西都被洋人垄断，那些中国企业就只能倒闭，或者被迫做一些坏事来维生。到头来受害的还是自己人。"

小宝似懂非懂地点了点头。

附录一

戏法源流考

　　戏法作为魔术在中国的分流，也是古代中国民间魔术的代表，在古代多被称为"幻术"或"眩术"。幻术在我国起源很早，但是由于不为正统接纳，被列入"左道旁门之术"。

　　关于戏法的正史记载首见于西汉时代，稗史中有关资料可追溯到夏周。

夏

　　西汉学者刘向在《列女传》中记载，"夏桀既弃礼仪，求倡优侏儒，而为奇伟之戏"（夏朝约前2070年—前1600年）。这里的"戏"指的多是戏法、杂技之类的表演。这可能是中国古代关于魔术的最早记载。

　　《列子古注今译·汤问篇》记录了有能工巧匠制造能歌

善舞的木头机械人："巧夫，頜其颐，则歌合律；捧其手，则舞应节。千变万化，惟意所适。"当时用于表演的机关设计已经相当精妙。

周

另有一种说法，古代魔术最早由南亚（抑或埃及）传入，秦朝方士王嘉在《拾遗记》一书中写道："周成王七年，南陲有扶楼之国，其人能机巧变化，易形改服。大则兴云起雾，小则入于纤毫之里。缀金玉毛羽为衣裳。能吐云喷火，鼓腹则如雷霆之声。"尽管《拾遗记》多有花言巧语、言过其实的言辞，不过可见当时国外幻术已有传播。

秦

关于幻术比较正式的记载出自汉代（前206年—公元220年），当时将类似杂技、戏法之类的民间表演统称为"百戏"，《汉文帝纂要》记载："百戏起于秦汉曼衍之戏，技后乃有高绳、吞刀、履火、寻橦等也。"

最早关于幻术师的记载出自汉书《西京杂记》（凡六卷），当中提到秦末"东海黄公"的故事："有东海人黄公，少时为术，能制蛇御虎，佩赤金刀，以绛缯束发，立兴云雾，坐成山河。及衰老，气力羸惫，饮酒过度，不能复行其术。秦末，有白虎见于东海，黄公乃以赤刀往厌之。术既不行，遂为虎所杀。"

同样张衡在《西京赋》中云："东海黄公，赤刀粤祝，冀厌白虎，卒不能救，挟邪作蛊，于是不售。"可见这位东海黄公同样是一位驯虎大师。

汉

汉与西域诸国来往密切，西域很多幻术艺人来到中国表演。汉武帝为了让人民相信他是"授命于天"，生来就该做皇帝，大力提倡妖妄之术，这也让幻术开始逐渐兴盛起来。

其中汉武帝尤喜"角抵之戏"和"鱼龙曼延之戏"。"鱼龙曼延"，指的是表演者手里拿着鞀鼓，引逗一条化装的鱼和一条龙，喷水吐雾，穿场绕行，观者仿佛从中看到神山仙境，不少魔术师认为这就是最早的大型幻术表演。

《汉书·张骞李广利传》记载了西域幻术师来中原表演的盛况："而大宛诸国发使随汉使来，观汉广大，以大鸟卵及犛旴眩人献于汉，天子大说。"

在《后汉书·方术列传》中除了郭玉、华佗等少数医生外，其余均是著名妖人。这些妖人妖术就是战国、西汉传下来的方士和神仙术。如当时有会"缩地术"的费长房，系东汉汝南人，从佛公学仙，能乘竹杖腾空，以杖投地，则化为龙。东汉后期，佛教开始兴盛，作为宗教传播的重要手段，幻术日益发展了起来。

根据《西京赋》和《汉书》的记载，"吞刀吐火""画地成川"等今天依然常见的魔术表演，在当时已经成熟。

三国

后汉三国时期，由于长年的战乱和民族融合，幻术表演再次兴盛起来，有位叫左慈的人将幻术作为表演技巧演绎得淋漓尽致。《后汉书·左慈传》中详细记载了左慈所表演的幻术：

左慈字元放，庐江人也。少有神道。尝在司空曹操坐，操从容顾众宾曰："今日高会，珍馐略备，所少吴松江鲈鱼耳。"放于下坐应曰："此可得也。"因求铜盘贮水，以竹竿饵钓于盘中，须臾引一鲈鱼出。操大拊掌笑，会者皆惊。操曰："一鱼不周坐席，可更得乎？"放乃更饵钩沉之，须臾复引出，皆长三尺余，生鲜可爱。操使目前鲙之，周浹会者。操又谓曰："既已得鱼，恨无蜀中生姜耳。"放曰："亦可得也。"操恐其近即所取，因曰："吾前遣人到蜀买锦，可过敕使者，增市二端。"语顷，即得姜还，并获操使报命……

此段大意是记载左慈空盘钓鱼、即刻种姜的表演，这也成为传统戏法最具代表性的表演。除《后汉书》外，其他有关左慈的神奇记载还有很多，诸如"掷杯飞鸟""死羊复活"等等。"左慈戏曹"的故事《后汉书》《搜神记》《太平御览》《法苑珠林》等都有详细而雷同的记载。他能随机应变即兴演出，特别是他的"钓鱼""种姜""取酒不竭"等表演可谓技艺精湛、令人折服。

隋

公元610年，隋炀帝于5月15日夜间，在皇城端门外大街上设置盛大的百戏场，为西域人演出百戏。灯火照耀如同白昼，声闻数十里外。演出规模最多一次达三万余人，可谓空前。足见隋朝的杂技、幻术已相当成熟。

唐

唐代国势强盛，商业发达，城市繁荣，也迎来了大一统的黄金时期。唐传奇中有大量关于幻术的记载，玄奘就记载婆罗尼斯国有烈士池："数百年前有一隐士，于此池侧结庐屏迹，博习伎术，究极神理，能使瓦砾为宝，人畜易形。"当时不少西域幻术师来到长安表演幻术，而唐代的幻术也逐渐东移影响到日本。

宋

到了宋代，手工业的发展让更多机关被运用到了幻术表演之中，比如陶瓷和火药等。同时由于外患频繁，国力薄弱，国家不能养活大规模的宫廷杂技艺人。为了谋生，这些艺人被迫流落江湖，拖儿带女，四处卖艺。他们临时用栏杆、绳索拉起围子，搭成大棚，进行节目丰富的串场表演。这在当时叫"瓦舍"，此后幻术逐渐被民间所接受。

当时不少专业演员互相组织起来进行表演，就形成了"社"，其中"云机社"就有早期魔术团的雏形。当时杭州的著名幻术师杜七圣，以其拿手幻术"七圣法"获此艺名：他在广场或空地上，可以当众把人头"切下"，再用"符法"将人头接上。由于他的演技高明，人们不解其奥妙，所以每次表演都有人当场求购"灵符"。

值得一提的是，民间幻术的广泛出现，也让人们日益发觉幻术是"人力所为"，不再相信它是宗教法力或神魔之术了。

孟元老的《东京梦华录》中就记载了元宵节时民间戏法的表演盛况："奇术异能，歌舞百戏，鳞鳞相切，乐声嘈杂十余里，击丸蹴鞠，踏索上竿……"

《事林广记》中还形容宋时的魔术达到了"弄假象真、将无作有、逡巡酒熟、顷刻开花、变化百端、奇巧万状"的程度。

元

元朝以来，统治者穷兵黩武，向外扩张，战乱连年不断。各种文艺、杂技和幻术均处于冷落凋零的境况。

清

清初，汉族人民反对异族统治，到处都是反清复明的抵抗运动。不少起义军首领借助幻术宣传。白莲教兴起以来，同样利用各种形式的幻术进行传教，扩大影响，《聊斋志异》中就有类似幻术的记载。

清末皇室经常将优秀的民间艺人召进宫廷去当值演出。当时流行的幻术节目如"土遁金杯""大变金钱""小变银钱""来去飞水""罗圈""一席全飞""十杯香茗"等表演的"门子"与方法，和今天常见的魔术几无区别。不少中国戏法艺人有机会到海外进行表演，西方魔术也逐渐被传播进入中国。

古彩戏法脱胎于魔术，多流传于民间。它分为两种，一种是大戏法，一种是小戏法。大戏法也被称为"落活"，一个人身穿长袍，用毯子一蒙，能变出很多的东西，像带水的、带火的、天上飞的、地下跑的、草里蹦的、吃的用的，人们明知东西带在他身上，可就是不知道是怎么带着的。火带在身上着不了，水带在身上洒不了，还能变得来去自如，等等。小戏法则略有不同，多看手上的功夫，手头得快，一帮人围着看，在他手里的东西变得来去自如，看不出破绽，像什么"仙人摘豆""三仙归洞""金钱抱柱""空盒变烟""巧变鸡蛋""平地砸杯""木棍自立"等。

变戏法多遵循传统，一直穿大褂表演，表演前必须上、下、反、正都要亮相，把盖布里外让观众看过。艺人讲究"八字真言"，称为"捆、绑、藏、掖、撕、携、摘、解"，后台做准备工作用"捆起、绑好、埋藏、掖夹"，前台使活时用"撕烂、携带、摘下、解开"。

戏法的基本手彩活（即手上的技巧）有四套，称作"丹、剑、豆、环"：丹，是吞铁蛋；剑，是吃宝剑；豆，是仙人摘豆（用两个碗把七颗胶豆扣在一起，来回变幻，来去无踪，出入无影）；环，是指九连环，将铅丝制成九个铁圈，可变幻成显意式的形象性东西，如：三轮车、官帽、花篮、灯笼等，不一而足。

1918年4月金木初稿
2020年9月金醉整理

附录二

　　鸦片战争以来，实业救国思潮兴起，然虑国力衰微，军阀混战，民族企业受到内外压力，步履维艰。以牵扯民生甚广的烟草业为例，民国四年（1915年）英美烟草公司进入本国以来，几乎垄断国内烟草市场，并凭借外资身份多次发起针对民族烟草公司的恶性竞争。

　　英美烟草公司根据1843年中英签订的《五口通商章程》所附《海关税则》和1858年《中英通商章程善后条约》规定，其进口香烟在通商口岸销售只需缴纳"值百抽五"的从价税率，如远销内地再缴纳百分之二点五的"子口税"即可通行全国，其在中国的制造品，根据1895年《中日马关条约》的规定，享受一切进口商品的同等待遇。而民族资本的产品既纳进口正税，复纳子口半税，杂捐、附加等税，负担既重，成本价高，虽出品优美，诚难与外货竞卖。

　　除此之外，英美烟草公司常对民族烟草公司发动蓄意破坏，3月至今，仅北京已发生多起英美烟草公司雇佣唆使仓库管理人员及代理商延迟发货时间的事件；或囤积国产烟草，待到霉变再进行发售，以破坏国烟声誉。英美烟草公司还大肆笼络烟草代理，收买控制代理商或代销商号，令其专售英美出品的香烟。

长此以往，民族工业势必难以维系。